GOBOOKS & SITAK GROUP©

GOBOOKS
& SITAK
GROUP©

三日月書版

三日月書版

輕世代
FW279
三日月書版
今宵異譚
卷四
魖魈之夜

目錄 ディレクトリ

沈默
待業中。人類。

尉遲九夜
職業不明。身分不明。

第一章

半翅

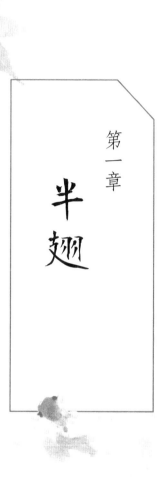

阿元一直躺在加護病房裡，始終沒有醒過來。

我去探望他的時候只能隔著玻璃牆遠遠地看一眼，無法靠近。

阿元幾乎全身都纏著繃帶，頸部和頭部套著固定器，嘴巴裡插著氧氣管。

醫生說，由於腦部受到劇烈撞擊，他很有可能……會變成植物人。

阿元的母親面容憔悴地坐在病房外，一直不停地哭，一邊哭，一邊念叨著：「怎麼會這樣……我兒子從來都不會闖紅燈的……阿元從小到大過馬路一直都很小心，為什麼會突然橫越馬路被車撞……為什麼……為什麼……」

一聲聲悲傷欲絕的啜泣，我聽了心裡很不好受。

但同時，這些問題也是我想問的。

在我的印象中，阿元是個非常認真的人，就連學生時代都沒有做過什麼逾規越矩的事情，我很難想像面對車輛飛馳的十字路口，他竟然會不顧生命危險地闖紅燈？

而且，據阿元的父親說，阿元今天很早就出門上班，所以也不存在趕時間的可能性，那到底是為什麼，他會突然間無視交通規則穿越馬路？

抱著這些疑問，我向警察提出了想要查看事發當時監視錄影的請求。

可是對方無奈地表示：「不知道什麼原因，十字路口的監視器剛好出了點問題，沒有錄下當時的影像，只是……」

「只是什麼？」我問。

對方猶豫了一下，說：「根據那名卡車司機的口供，當時的周崇元好像有點神情恍惚，並且……是他自己衝向飛馳而來的卡車，司機連煞車都來不及。」

「自己衝向卡車？」我驚愕地愣了幾秒，說，「你的意思是，這起交通事故，是阿元想要自殺造成的？」

對方平靜地看著我，回答說：「根據幾名目擊證人的供述，以及現場的煞車痕跡來看，是這樣沒錯。」

「開什麼玩笑！這不可能！」

我不禁忿忿地吼了起來，難以置信地搔著頭，道：「阿元他根本沒有理由自殺！而且他也不是會選擇輕生逃避的人！還有……還有十字路口的監視器，為什麼偏偏在那個時候壞掉？阿元他為什麼會突然闖紅燈？能不能請你們再好好調查一下這起事故？」

我情緒有點失控，越說越激動，可是又提供不了任何有力證據，到最後，只能沮喪地一拳捶在牆壁上，什麼話都說不出口。

從醫院離開的時候，我整個人有點恍恍惚惚。

昨天晚上阿元打了很多次電話給我，究竟是想跟我說什麼？是他已經調查到二十年前那起飛機爆炸事故了嗎？

可是為什麼，他偏偏在這個時候出了車禍？這只是個巧合嗎？如果不是巧合，那麼究竟會是誰，在阻止他告訴我真相？

心中滿是疑惑，所有問題全都得不到答案。

紛沓而來的思緒如同一團理不清的亂麻，緊緊地糾纏在心頭。

雖然沒有憑據，但在冥冥之中，我始終有一種感覺。

我覺得……是我害了阿元……

就像二十年前那起飛機爆炸事故一樣……

都是因為我……害死了那些人……

都是因為我……因為我……

正午的陽光從頭頂上方直射下來，將前方的路面照耀成一片刺眼的熾白。我渾渾噩噩地走在刺眼的光芒之中，什麼都看不清，什麼都聽不見，不知何時，耳畔似乎響起了一個聲音。

那是魔的笑聲，笑得尖銳刺耳。

它在我耳邊一遍又一遍地說道——

「對，沒錯！就是你！」

「是你害死了那一整架飛機的人！」

「是你害死了自己的父母！」

「也是你，害了阿元！」

「這一切，都是因為你！都是因為你！」

張狂的笑聲層層疊疊地迴盪在四周，如同激烈湧起的黑色潮水，瞬間將我吞沒。

我忍無可忍地低下頭，緊緊捂住耳朵，一邊踉踉蹌蹌地往前奔逃，一邊憤然嘶吼：

「住口！不要再說了！不要再說了！住口！住口！」

跑著跑著，我突然膝蓋一軟，整個人頓時失去平衡。

就在摔倒的剎那，前方伸出了一雙手臂，將我及時接住了。

「小默！」

那個人抱住我，聲音裡含著輕微的責備。

「怎麼不接電話？整整一個上午，你跑去哪裡了？」

我意識恍惚地抬起頭，看到一張熟悉的面龐，正一臉擔憂地望著我。

「阿夜……你怎麼來了……」

我低聲呢喃了句，卻沒有力氣站起來。

九夜摸了摸我的額頭，道：「小默，你發燒了。」

啊，是嗎？原來……我發燒了？難怪……難怪會感覺頭那麼暈……

真是奇怪，怎麼會莫名其妙發燒了呢？

我搖了搖頭，努力想讓自己保持清醒。

九夜若有所思地看著我，忽然往我後頸摸了一下。

就在指尖觸及皮膚的瞬間，我彷彿遭到電擊一般，痛得忍不住「啊」了一聲。

「怎麼回事？好疼……」我冒著冷汗地看向九夜。

可是九夜沒有回答，沉默不語地把我抱了起來，大步往家的方向走去。

初春時節乍暖還寒，尤其是最近的天氣忽冷忽熱，可能不當心就著了涼，染上風寒。我燒得越來越嚴重，一連三天都起不了床，渾身乏力。

「小默默，你的手好冰啊……」

「小默默，阿寶幫你放在懷裡暖一暖……」

「小默默，感覺好點嗎？還很難受嗎？」

「小默默，阿寶給你吃糖……」

我燒得迷迷糊糊地躺在床上，只聽到一個稚嫩的童音縈繞在耳畔。

「阿寶……」

我呢喃著喚了一聲，昏昏沉沉地睜開雙眼，看到小傢伙一臉緊張地趴在床邊，緊緊握住我的手，一雙圓溜溜的大眼睛紅紅的，像是剛剛哭過的樣子。

「小笨蛋，哭什麼呀……我只是感冒發燒而已……」

我虛弱地笑了笑，輕輕捏住阿寶粉嘟嘟的小臉蛋。

影妖從阿寶頭頂跳下來，彷彿在爭寵似地往我這邊蹭了蹭。

「好啦，你們不要那麼擔心……我沒事，休息幾天就好了……」

我一邊安慰著，一邊摸了摸那團黑色毛球，道：「乖，你們不用一直守在床邊，下樓去玩吧……等我感覺好點了之後，做起司蛋塔給你們吃，好嗎？」

阿寶卻搖搖頭，說：「不要，阿寶想陪著小默默。」

「乖，聽話，你們這樣一直站在旁邊，我也休息不好。」

「阿寶會很乖，阿寶不會吵到小默默睡覺……」

「那你先帶著球球下樓去玩，好不好？」

「可是……可是……」

「阿寶乖，聽話，等我病好了帶你去遊樂場坐海盜船，好嗎？」

「咦，真的嗎？」

「嗯，我保證。所以，你要乖乖聽話。」

「小默默……快點好起來……」

「嗯，會的。」

我點點頭，終於說服了阿寶，看著他帶著影妖依依不捨地走出臥室。

臥室裡開著一盞落地燈，窗簾半掩著，外面漆黑一片，沒有絲毫光亮。

現在，應該是晚上了吧……

這兩天發燒，燒得意識模糊，就連白天和黑夜都分不清楚。

我難受地喘息著，滿頭冷汗地望著天花板發呆。

這時，房門外響起了白澤的聲音。

「喂，老傢伙，那孩子的情況有點不妙啊。」

話音落下，久久沒有人吭聲。

隔了一會兒，他又道：「是封印的力量變弱了，對嗎？」

過了許久，只聽到九夜「嗯」了一聲，還是沒有接話。

白澤嘆了口氣，說：「封印的力量之所以變弱，是因為『那個東西』正在慢慢甦醒吧？這樣下去……那孩子恐怕撐不了多久，你打算瞞他到幾時？」

九夜沉默著，沒有回答。

白澤又問：「難道你打算永遠不告訴他？」

門外一下子安靜了下來。

我躺在床上，糊裡糊塗地聽著這些對白，滿腦子問號。

什麼封印的力量？什麼東西甦醒？

他們到底……在說什麼？

我反手覆在冷汗涔涔的額頭上，也不知道是不是錯覺，總感覺……脖子後面很疼。

就像是被火燒過的烙鐵燙到一樣，火辣辣地疼痛不已。

怎麼搞的，難道是被蜜蜂螫到了嗎？

我吃力地抬起頭，剛想伸手摸一摸，這時房門忽然打開了。

「小默，感覺怎麼樣？好點了嗎？」

九夜端著一碗香噴噴的熱粥走進來，一如既往地微笑著，道：「我剛剛試著下廚做了點南瓜粥，第一次煮粥，不知道味道怎麼樣，你要不要嚐嚐看？」

「阿夜。」

我喚了他一聲，用力撐著床沿想要坐起來。

九夜趕緊走過來扶起我，讓我靠在他身上。

「這兩天你都沒有好好吃過東西，喝一點粥吧，小心燙。」

九夜一邊說著，一邊用湯匙一口一口地餵我喝粥。

我勉強喝了幾口，隨後搖了搖頭。

「不好喝嗎？」

「不是。」

我閉上眼睛，沉默了一會兒，還是忍不住開口問道：「阿夜，剛才你和白澤在門外說什麼？」

九夜握著湯匙的手頓了一下，溫柔地笑了笑，說：「你聽錯了吧，白澤一直在樓下，沒有上來。」

「胡說，我聽得很清楚，那分明是白澤的聲音。」

他仍舊只是微微一笑，將手裡的南瓜粥遞過來，柔聲道：「小默，來，吃點東西，然後好好睡一覺。你生病的這幾天，大家都很擔心你。」

「不要扯開話題，剛才你們到底在說什麼？什麼封印？什麼甦醒？」

「小默，你真的聽錯了。」

「不可能！」

我撐著床架直起身子，惱火地瞪著他。

「阿夜，不要糊弄我，我還沒有病到神志不清的地步！」

「你想多了，我怎麼會糊弄你？」

九夜一臉若無其事的模樣，摸了摸我的頭髮，道：「小默，你是不是發燒燒得有些糊塗了？還是做了什麼奇怪的夢？嗯？」

「我才沒有糊塗！也沒有在做夢！」

我提高嗓音，忿忿地吼了起來。

「小默，冷靜點。」

「我很冷靜！」

「小默，你——」

「為什麼要騙我？」

「我沒有騙你。」

「那你告訴我，我們第一次見面，究竟是在幾時？」

「你說什麼？」

「還有二十年前的飛機爆炸事件，到底是怎麼回事？」

「小默，我不明白你在說什麼。」

「不要裝糊塗！其實你明明什麼都知道，對不對？」

「我——」

「為什麼你什麼都不肯告訴我！什麼都瞞著我！」

「小默，你先冷靜一點，我沒有要瞞著——」

「夠了！你這個騙子！」

我忍無可忍地用力一揮手。

匡噹一聲。

猝不及防的脆響，如同在寂靜深夜裡炸開的一道驚雷，震得連我自己都愣了一下。

望著那灑了一地的南瓜粥，以及摔碎的陶瓷碗，這大概是認識那麼長時間以來，我第一次對九夜發這麼大的脾氣。

九夜沒有作聲，也沒有生氣，只是平靜地看著我。

我無措地低下頭，避開他的目光。

焦躁的情緒難以平復，混沌的思緒已經攪成一團亂麻。

「對、對不起……我……我……」

我實在不知道該說什麼才好，只能閉起眼睛，一手扶住滾燙的額頭，一手撐在床沿。不曉得是怎麼回事，暈眩的感覺好像越來越強烈，後頸處也越來越疼，就像被什麼東西撕咬一般，劇烈的痛楚從脖子一直蔓延到後背。

「唔……好疼……」

我不堪忍受地彎下腰，剛想要伸手按住脖子，卻在抬手的一瞬間呆住了。

因為，我看到自己左手的五個指甲，居然……全都莫名地變成了黑色！

我吃了一驚，繼而發現，不僅僅是指甲，就連手背上，不知何時也暴突起一條條黑色筋脈！

那些筋脈又粗又長，縱橫交錯，乍看之下簡直如同一條條在皮膚下蠕動的蚯蚓，順著手背蜿蜒而上，漸漸爬滿整條手臂。

這、這究竟……是怎麼回事……

我震驚地看著自己的左手，看著五根手指的黑色指甲慢慢延伸出來，骨骼關節發出一陣陣「嘎啦啦」的清脆異響，緊接著，整條手臂一下子變得粗壯起來，瞬間肌肉賁張，赤褐色的皮膚下布滿了黑色經絡，長而堅硬的指甲尖銳如鉤……

我瞠目結舌地張著嘴巴，驚恐地搖了搖頭。

不……不……這、這不是我的手！

這分明……分明就是一隻猙獰的獸爪！

為什麼……為什麼會變成這樣……

「阿、阿夜，我的手……怎麼會……」

我驚慌失措地抬起頭，求救般地看向九夜，孰料話音未落，就看到那隻突變的「獸爪」往前一抓，帶過一道淩厲的風聲。

「阿夜小心！」我急得大叫了一聲。

幸好，九夜及時側身閃避，沒有被傷到。

可是……可是……

不……不是我……不是我……

我沒有要攻擊九夜啊！

我驚駭地搖著頭，發現自己竟然無法控制自己的左手！

「小默！」

九夜喊了我一聲，剛想伸手過來拉住我，然而，那隻鋒利的獸爪卻像發了瘋一樣地四處揮舞、到處亂抓，床單瞬間被撕碎，床架上、牆壁上，甚至是天花板，利爪所過之處，全都留下一道道深刻而清晰的爪痕。

我被帶著從床上跌了下來，驚恐萬狀地按住自己的左手，拚命想要阻止它發狂，可是完全沒有用，我的力量根本按不住。

怎麼會這樣……怎麼會這樣……

嗚！背後好痛！好痛！

我緊緊抓住左肩，彎下腰蜷縮成一團，跪在地板上瑟瑟發抖。

好痛！好痛！背後……好痛！

我用力咬著牙，疼得甚至無法呼吸，幾乎整個人都在痙攣抽搐，直到再也承受不住……

「啊啊啊啊啊啊啊！」

伴隨著這聲慘叫，我清晰地聽到自己背後血肉綻裂的聲音。

「噗哧！噗哧！」

一瞬間，鮮血飛濺。

我感覺到好像有什麼東西，從我的身體裡衝了出來！

發、發生什麼事了……

我顫抖地跪在地板上，在劇烈痛楚中大口喘息著，緩緩睜開雙眼。

隨後，看到落地窗的玻璃上，倒映出了……一隻翅膀……

是的，沒錯，翅膀！

雖然只有一隻，但我清楚地看到，那隻羽翼豐碩的翅膀，正筆直地從我左肩後方，慢慢伸展開來，滿滿地占據了整個視線。

而我的臉……我的臉在笑……

哦，不，確切說，是只有左半邊的臉在笑，左側嘴角露出尖銳獠牙，而左眼已然變成赤紅色，在昏暗夜色中閃爍著冷光。

這、這個人是誰……他是誰？

望著玻璃上倒映出來的那張詭異臉孔，望著那豎在背後的翅膀，我震驚得一個字都說不出口，被深深的恐懼感包圍著，不停地發抖。

「沈默，你忘了自己到底是什麼怪物了嗎？」

耳邊忽然回響起「魔」的聲音，如同魔咒一般刺激著我的耳膜。

不……不是的……不是的！

我、我……我不是怪物！不是怪物！

我用力搖著頭，想要大叫，卻發現自己發不出任何聲音。

右眼的淚水不停地滾落下來，而左眼仍舊在笑。

這時，背後突然響起一個聲音。

「回去！」

是九夜，他站在我身後，語氣冰冷地說了兩個字。

我忽然不受控制地從地板上站了起來，緩緩轉過身，張開嘴。

隨後從嘴巴裡發出陌生而嘶啞的聲音。

「好久不見，才剛剛會面，就這麼急著趕我回去？」

誰？是誰在說話？

為什麼我的嘴巴裡會發出其他人的聲音？

我不停地落著淚，沒辦法說話，也不能動，就像被堵住了嘴巴，捆住了身體，只能用僅剩的一隻右眼，無助地看向九夜。

可是九夜的眼神陰鷙得可怕。

這還是我第一次看到他露出如此冷酷的表情。

阿、阿夜……

我愣愣地望著他，穿著染血的睡衣，赤著腳，並非出於自願地往前踏了一步。

然而，就在腳掌著地的瞬間，只見一雙巨大的黑色羽翼從九夜背後伸展開來，撐破牆壁，震碎屋頂。

在一片漫天飛舞的凌亂黑羽之中，我還沒來得及看清楚究竟發生了什麼事，就感覺到自己整個人被騰空提了起來，瞬間衝破屋頂，緊接著下一秒，脖子突然一緊，像是被什麼東西勒住咽喉。

「唔……放、放開……唔……」

我用力掙扎起來，徒勞地搧動著僅有的一隻左翅。

雖然不能說話也不能控制身體，但我仍然能夠清晰地感覺到，自己的呼吸變得越來越困難，就像胸口壓了一塊巨石。

窒息的痛苦令我難以承受，我被迫昂起頭，顫抖著下巴，費力地睜開右眼，看到面前的九夜正一手拉著一條紅線，一手將我牢牢抵在樹上。

冰涼的夜風席捲起翻飛的黑羽呼嘯而過，清冷的月輝從頭頂照耀下來，恰好將他的面龐隱藏在一片陰影之中。我看不清楚九夜此時此刻臉上的表情，只能看到一雙泛著寒光的瞳眸，不帶絲毫情感地從黑暗中直視著我。

阿、阿夜……阿夜……

右眼的淚水不停地滲出眼角，順著臉龐滾落。

我一邊哭，一邊看著九夜，心口疼得有如撕裂一般。

漸漸地，緊勒住脖子的紅線，終於還是鬆了開來。

我立刻張開嘴，大口大口地汲取新鮮空氣，喘了片刻之後，抬眸看了看九夜，從鼻腔裡發出一聲嘲諷的嗤笑，喑啞著嗓子道：「怎麼，下不了手？」

九夜閉了下眼睛，沉默著，沒有作聲。

我的左半邊臉忽然大笑起來，又道：「想要殺我的話，現在是最好的機會，只要這個人類孩子死了，我也活不了。可是，你捨得嗎？」

九夜面無表情地看著我，一雙如深潭般漆黑的眸子裡暗潮翻湧。

沉默了幾秒，只聽他冷聲道：「你應該明白，就算不殺你，我仍然有許多辦法讓你生不如死，想不想試試？」

話音落下，我突然不吭聲了，彷彿受到驚嚇似地，左眼微微一瞇。

雙方對峙著沉寂片刻，九夜再次厲聲命令道：「回去！」

我仍然沒有說話，但過了好一會兒，只看到那半隻翅膀慢慢從左肩後方縮了回去，緊接著身體突然一鬆，整個人從半空中垂直墜落下去。

九夜直衝過來，迅速將我攔腰截住。

我感覺到自己已經可以說話，可以自由行動了，可是卻什麼都說不出口，什麼也做不了，只能整個人緊緊蜷縮著，不停地發抖。

「小默。」

九夜將我抱在懷裡，穩穩地落在地面，用我所熟悉的溫柔語氣，喚了我一聲。

可是我已經沒辦法做出任何回應，就像是被抽空了靈魂一般，只剩下一具蒼白的軀殼，神情空洞而迷茫地呆望著前方。

「小默……小默……」

九夜一遍又一遍地叫著我。

過了許久，我才終於稍微回過神來，緩緩拉回視線，可是整個人依然恍恍惚惚，好像在做夢一樣，有一種非常不真實的彷徨與迷惘。

我緊縮著身體，一邊驚恐不安地搖著頭，一邊哆嗦著嘴唇，斷斷續續地呢喃道：

「不……不是……我、我不是……不是怪物……」

話音未落，溫熱的淚水已經從眼角簌簌而下。

九夜的雙臂用力收緊，將我按在心口，柔聲安慰道：「小默，別怕，沒事了，你只是做了一場惡夢，忘掉吧。把所有一切，全都忘掉，好好睡一覺。」

聽著這再熟悉不過的溫柔嗓音，感受到自己顫抖著的冰冷身軀，被庇護在一個讓人安心的溫暖懷抱裡，我緩緩閉起眼睛。

躁動不安的世界，終於沉寂了下來。

第二章
爪痕・上

我大病了一場。

整整一個多禮拜高燒不退，燒得整個人渾渾噩噩、迷迷糊糊，腦袋裡彷彿塞了一團漿糊，思緒混亂得什麼都想不起來，唯一記得的，就是這些天，九夜一直寸步不離地守在床邊照顧我，還每天變著花樣地煮東西餵我吃。

雖然我沒有問他，那一鍋綠油油的粥究竟放了什麼，也不知道為什麼看似平常的一碗麵，吃進去之後卻在嘴巴裡活蹦亂跳，以及那塊咬下去的瞬間會發出吱吱怪叫的海綿蛋糕……總之，每樣食物都能把我嚇一跳。不過，在他的悉心照料之下，我終於一天天地好起來了。

高燒徹底退下的那個清晨，天氣很好。

一大早就有明媚的陽光灑進屋子裡，窗外樹影斑駁，百鳥啁啾。

當我睜開雙眸，第一眼看到的，便是九夜那張和往常一樣招牌式的溫柔笑臉，他伸手摸了摸我的額頭，輕聲問道：「感覺怎麼樣，好點了嗎？」

「嗯，好多了。」

我點點頭，打了個哈欠。

可是哈欠才剛打到一半，卻突然間頓住了。

因為我發覺，周圍的環境似乎……有點異樣？

「咦，這是我的臥室嗎？」

「當然是啊。」

「可是……窗簾好像換過了？我記得原來應該是灰色的啊，現在怎麼變成藍色了？咦，等等，還有壁紙，怎麼也換了花紋？啊，就連天花板上的那盞吊燈，也和之前不一樣了？這是怎麼回事？」

在明亮的晨曦之中，我驚愕地環顧四周一圈，隨後疑惑地看向九夜。

九夜微微一笑，淡然道：「哦，那是齋齋特意為你布置的，房間裡換個色彩，換點裝飾，希望讓你有個好心情，病也能快點好起來。」

話音落下，只看到從吊燈上突然垂直掉落下一顆金燦燦的圓球。

「啵」的一聲，懸在半空中的圓球一分為二，從裡面紛紛揚揚地撒落出一片五顏六色的彩紙和兩條彩帶，彩帶上寫著——恭喜小默默康復！

我忍不住笑了出來，心裡暖暖的，道：「謝謝你，齋齋，你真是太可愛了。」

孰料，話音甫落，壁紙突然暈染出一片淡淡的粉色。

「呵，它害羞了。」九夜道。

「咦，原來齋齋是個容易害羞的孩子啊。」我笑著伸手摸了摸粉紅色的壁紙，然後又問，「對了，我生病期間，你們有沒有幫齋齋打掃？」

「有，阿寶掃過地。」九夜一臉認真地看著我。

「阿寶？」我嘴角抽了一下，「阿寶根本是想玩那把會飛的掃帚吧？」

「白澤擦過窗。」

「白澤？」

「嗯，不過到昨天為止，他已經打碎了三塊玻璃。」

我無言以對地扶了下額頭，又問：「那衣服洗了嗎？」

「沒有，全都堆在院子裡了。」

「那每天吃飯呢？」

九夜無辜地笑了笑，回答說：「阿寶不願意吃我煮的食物，所以……」

「所以？」

「吃了一個禮拜泡麵。」

「你們……」

我無奈地嘆了口氣，憂心忡忡道：「要是以後我不在了，你們該怎麼辦？」

九夜突然握住我的手，沉默了幾秒，道：「小默，我不會讓你離開的。」

我愣了一下，近距離看著那張神情瞬間黯淡下去的俊美臉龐，不禁笑了出來，搖頭說：「我只是個普通人類，活在這個世界上的時間有限，沒辦法一直陪著你們，總有一天，我會先離開。」

話音落下，九夜沒再吭聲，一雙幽深的眸子裡似乎掩藏著一絲複雜情緒。

「好啦，看你們吃了那麼久的泡麵，有沒有想念我做的飯菜？」

我笑著眨了眨眼睛，抬起臉，卻被九夜一把按進懷裡。

隨後，耳邊響起一個低沉又溫柔的嗓音。

「小默，答應我，無論如何，一定要保持清醒。」

我微微一愣，不明白這句話是什麼意思，剛想開口問，卻看到九夜已經若無其事地鬆開雙臂，微笑著，揉了揉我的頭髮，說：「我想吃你煮的咖哩蛋包飯。」

我愣了一會兒，點點頭，道：「嗯，好。」

也不知道是不是錯覺，高燒退下之後，我感覺自己的身體狀況好像始終沒有恢復，有時候會出現不明原因的暈眩，左眼視力會一下子變得模糊，還有好幾次左側肩膀會突然痛得好像被烙鐵燙到一樣。

實在搞不懂為什麼會這樣？正當我琢磨著，是不是應該去醫院做個身體檢查的時候，突然收到了一封編輯部的郵件。

那是一封邀請函，邀請我參加一場下個禮拜的讀者見面會。

我欣然應允，如約前往。

讀者見面會的場地設在一個大型書展裡，除了我之外，還有好幾位其他作者也一同出席，雖然彼此都沒有見過面，但是同屬於一個網站的專欄作家，所以名字並不陌生。見面會結束之後，由編輯部安排，大家聚在一起吃了頓飯。

飯局的氣氛很融洽，大家交流了一些寫作心得，順便再八卦一下圈內的奇聞趣事，最後散場的時候，好幾個人還彼此交換了聯絡方式。

不過，在所有作者當中，我注意到有一個人，似乎從頭到尾都沒怎麼說過話，好像一副心事重重的樣子。

那是位女作者，穿著一襲溫溫柔柔的鵝黃色長裙，棉布襯衫，黑色長髮，素顏。

雖然沒有化妝，但是保養得非常好，看不出實際年齡。

我記得一開始大家輪流作自我介紹的時候，她說她叫「清風聆心」。

人如其名，帶著一股撲面而來、乾淨又清新的文藝氣息。

清風聆心，印象中，好像是愛情故事的專欄作者，在女性讀者中頗受歡迎。

大家都親切地稱呼她為「清風」。

吃飯的時候，清風剛好坐在我對面，彼此有過幾次視線接觸，而每一次無意間的對視，她都會筆直地盯著我看許久。我感覺，她似乎有話想對我說，可是在周圍人群一片嘈雜的觥籌交錯之中，她始終沒有開口。

直到吃完飯，走出飯店大門，我剛準備過馬路，清風從後面匆匆追了上來。

「黑犬先生！請等一下！」

我回過頭，看到她提著長長的裙襬一路小跑過來，猶豫地說道：「黑犬先生，我想……我想請你幫個忙……不知道你是否願意？」

「哦？什麼忙？」我疑惑地看著她。

清風停頓了幾秒，深吸口氣，道：「我想請你幫忙驅鬼。」

「驅鬼？」

我莫名地眨了眨眼睛，不禁好笑地說道：「妳是不是誤會了什麼？我只是個寫故事的小作者而已，哪裡會驅鬼？」

清風搖了搖頭，仍然堅持道：「不瞞你說，其實之前我已經打聽過了，大家都說，在這個圈子裡，最擅長和妖魔鬼怪事件打交道的人，非你莫屬，所以我才會來參加這次的見面會，就是為了想要找你……」

「等等等……等一下等一下！」

我趕緊擺擺手，啼笑皆非地說道：「妳真的誤會了，我根本不會驅鬼，也不是什麼大仙，更沒有什麼擅長和妖魔鬼怪打交道的本事……」

「可是你曾經說過，你寫的那些故事，大部分都是真實的，對嗎？」

「呃，我……」

我無奈地扶了下額頭，不知道該怎麼解釋才好。

清風突然拉住我的衣袖，急得眼眶都紅了起來。

她說：「黑犬先生，我知道我的請求很唐突也很冒昧，可我實在是沒有其他辦法了。由於長期閉門寫作，我認識的朋友極其有限，除了你之外，我真的找不到其他人可以幫這個忙，我已經為了這件事情整整一個多月沒有好好睡過覺了，每天都生活在恐懼之中，再這樣下去，我真的要崩潰了……」

聽她說得如此嚴重，我忍不住好奇地問：「究竟是發生什麼事了？」

可是清風沒有回答，而是說道：「黑犬先生，你願意到我家來看一看嗎？」

「呃，什麼？去妳家？」

我突然愣了一下，本想要拒絕，可是看到清風那一臉焦慮不安又充滿祈求的樣子，推辭的話便沒忍心說出口。

第二天上午十點三十分，我如約前往清風的住處。

不過令我頗為意外的是，我沒想到她竟然是一個人住在一幢獨棟的兩層別墅。

「這棟房子是我租的，不是買下來的，而且租金很便宜，只有市價的一半。」

清風看出了我的疑惑，一邊笑著解釋，一邊招待我進入屋子。

屋子裡布置得很溫馨，精緻整潔的原木家具，清新淡雅的碎花窗簾，一張簡簡單單的三人沙發放置在客廳中央，正對著寬敞明亮的落地窗，而窗外，則是一個春意盎然的小院子，院子裡種植著蒲公英，微風輕輕一吹，便有紛紛揚揚的白色絨毛漫天飛舞，彷彿粉雪飄零，煞是好看。

「怎麼樣，這個地方還不錯吧？」

清風遞過來一杯香氣濃郁的咖啡。

我接起咖啡，喝了一口，點頭稱讚道：「嗯，住在這裡應該會感覺很舒適吧，而且地理位置遠離嘈雜區域，環境和諧又寧靜，非常適合長期寫作。」

「果然是同行，一語就說中了。」清風笑了笑，道，「沒錯，這正是我喜歡這個地方的理由，因為我必須有一個完全沒有人打擾的環境，才能靜下心來寫作，所以在兩個月前，我租下了這棟房子，可是沒想到，才剛剛住進來不到一個禮拜，就發生了那種奇怪的事情……」

清風說著，嘆了口氣。

我皺了皺眉，追問：「到底是發生了什麼——」

「事」字還沒來得及說出口，話音便戛然而止。

因為我忽然看到沙發底下有一個非常奇妙的……爪印？

哦，不，確切說，有點像是被某種野獸的尖銳利爪刨出來的抓痕，五條痕跡深刻而清晰地呈現在地板上，彷彿是刀刻一般，連同木質紋理都徹底鑿碎。

「妳養了什麼寵物嗎？」

我一邊指著沙發底下，一邊脫口而出地問道。

清風搖了搖頭，一言不發地走過去，將沙發移開。

一瞬間，我看到了滿地深深淺淺、不計其數的爪痕。

「天！那麼多？」

「嗯，不僅僅是沙發底下，就連樓梯上、牆壁上，還有櫥櫃門上，全部都有。」

順著清風指的幾個方向一看，我這才注意到，整個屋子裡，竟然到處都布滿了一道道劃痕。不經意間看到的話，會以為是寵物貓狗抓出來的痕跡，可是再仔細一瞧，就會發現，這些爪痕的深度和破壞力，並不是小貓小狗的力量可以達到的，更像是大型猛獸的抓痕。

「這是怎麼回事？這些劃痕是誰弄的？」

「要是知道是誰就好了。」

清風苦笑了下，道：「這一個多月以來，每天晚上入夜之後，我躺在床上都會聽到樓下傳來一陣陣『喀啦啦、喀啦啦』的奇異聲響，像是有什麼東西在使勁地抓著牆壁，可是當我下樓一打開燈，卻又什麼都沒有。」

「會不會是附近的什麼小動物半夜闖進來？」我問。

「不會，每天晚上臨睡前我都會檢查所有門窗是否關好。」

清風搖著頭，說：「而且，你覺得這樣的抓痕，會是小動物弄出來的？」

確實，這個可能性非常小。

我沉默著，慢慢往前走了幾步，蹲下身，隨後將自己的手掌貼在地板上，剛好覆蓋住一個完整的爪痕。

「唔……這東西的爪子幾乎和我的手掌差不多大，由此推算的話，它的體型應該不會比一個成年人類小多少。」

我望著那個爪痕，沉吟片刻，忽然道：「妳有沒有嘗試過放置攝影機來錄影？」

「有！」清風立刻道，「我曾經在客廳裡安裝過紅外線夜視攝影機！」

「結果怎麼樣？有看到什麼嗎？」

清風搖搖頭，無奈地說道：「牆壁上和地板上的抓痕依然不斷增加，可是連續好多天，攝影機卻始終什麼都沒有拍到。」

「奇怪，怎麼會這樣？」

我皺著眉，站起身，一邊撫摸著牆壁上那些大大小小的凌亂劃痕，一邊喃喃自語道：「紅外線夜視攝影機的原理，是因為裝置了熱感應晶片，能夠探知到一定範圍內的熱量，從而將紅外線投射到發熱物體上，經過光線反射之後，再進入鏡頭成像……如果說，紅外線什麼都沒有捕捉到，那就意味著……熱感應晶片沒有探知到任何發熱物體？可是……這怎麼可能？只要是活物，怎麼會沒有一點熱量？而且還留下了這麼大面積的爪痕……」

「所以，果然真的是家裡鬧鬼了嗎？」

清風忽然一個哆嗦，怕冷似地環抱起雙臂，驚恐無助地看向我，哀求道：「黑犬先生，如果你有辦法的話，能不能幫幫我？我真的已經走投無路了，這棟房子三年的租金已經花去了我所有積蓄，如果從這裡搬出去我根本沒有地方住，能不能幫我把屋子裡的妖魔鬼怪除掉？求你了……」

聽著這可憐兮兮的哀求，我不忍心拒絕，可是自己又沒有足夠的能力去解決。

現在唯一的辦法，只能搬救兵。

而這個救兵，當然是九夜。

當天下午，我帶著九夜再次來到清風的住處。

「小默，你答應過，要是我幫你這個忙，以後你做飯的時候，都會穿我買給你的那條粉紅色蕾絲花邊圍裙。」

九夜一邊踏進屋子，一邊轉眸看著我，優美的唇角輕輕一揚，笑得十分可惡。

「嘖，真不知道你是什麼惡趣味！不過，我承諾過的事情，不會抵賴的。」

我沒好氣地瞪了他一眼，又在心裡嘟嘟囔囔地腹誹了一陣。

「黑犬先生，這件事情就拜託了。」

清風走過來，在看到九夜的瞬間，似乎愣了一下，不過很快就回過神來，隨後帶著我們在房子的各個地方轉了一圈，並將所有爪痕一一指給我們看。

可是九夜看完之後，卻什麼都沒有說。

「怎麼樣？這屋子裡是不是真的有鬼？」

我將九夜拉到一邊，悄聲問道。

九夜沒有回答，只是微微一笑，轉向清風，問：「在這些爪痕出現之前，這棟屋子裡，還有發生過其他什麼奇怪的事情嗎？」

「其他奇怪的事情？」

清風回憶了片刻，說：「地窖裡莫名其妙摔碎了一罐酒，這個算不算怪事？」

「哦？摔碎了一罐酒？帶我去看看。」

九夜微笑著，饒有興致似地挑了下眉。

於是，清風帶著我們來到地下室。

地下室的空間不算小，大約有半個籃球場的面積，一邊擺放著層層疊疊的木製酒架，另一邊，則堆滿了雜物。

「這裡所有的東西，全都是房東留下來的，反正我平時也用不到地下室，就同意讓他儲存一些閒置物品。」

清風指了指那堆雜物，又指了指酒架，說：「房東有個興趣愛好，就是喜歡自己釀葡萄酒，上面那些瓶瓶罐罐，全都是他自己親手釀製的陳年紅酒。」

「哇哦，真是厲害。」

我看著那些形狀各異的酒罐子、酒罈子，發現每一個都是密封的。

「房東說這些葡萄酒都還在發酵過程中，所以需要密閉保存。」

清風道：「這個地下室，我從來都不會來，那些酒罈子、酒罐子也從來沒有人觸碰過，可是不知道為什麼，有一天我突然聽到東西破碎的聲響，跑到這裡來一看，發現有一罐酒莫名其妙地從架子上跌了下來，摔得粉碎。」

「哦？就一罐酒？」九夜問。

「對，就一罐酒。」

「那罐酒裡有什麼東西嗎？」

「東、東西？」

清風愣了一下，似乎不明白九夜在說什麼，自顧回答道：「那裡面是發酵到一半的葡萄酒，酒和葡萄殘渣淌了滿地，我收拾了老半天才弄乾淨。」

九夜修長的手指在下巴上摸了摸，隨後又一聲不響地轉過頭，眸光犀利地從那些密封罐子上一個一個地掃過去，也不知道究竟是在看什麼，或研究著什麼，思索了一會兒之後，他問：「自從那罐酒摔碎後，屋子裡就開始出現爪痕了，對嗎？」

「是的，沒錯。」清風點點頭，疑惑地看向九夜，道，「咦？難道你的意思是……這兩者之間有什麼聯繫嗎？」

九夜淡淡一笑，從旁邊的雜物堆裡取出一枚相框，拂去灰塵看了看，問：「照片裡的這個人，是房東？」

「對，是房東和他太太。」清風點頭，說，「不過是很早之前拍的了。」

「哦？喜歡自己釀酒的房東，是個什麼樣的人？」

我也好奇地湊過去瞧了瞧。

那是一張泛黃的舊照片，照片上有一對年輕男女，看起來才二十出頭的樣子，男人攏著女人的肩膀，女人笑得幸福又甜蜜。

而在照片右下方，還有一行手寫的小字——

于方銘，姜淑雲，二〇××年十一月二十七日，攝於西沙公園。

「妳見過照片上的這位房東太太嗎？」

九夜將相框放了回去。

清風搖搖頭，說：「沒有。」

「那麼妳最後一次見到房東，是在幾時？」

「呃……是在簽租房合約那天，之後就再也沒有見過了。」

清風一邊說著，一邊皺眉看著九夜，道：「你為什麼要問這些？」

可九夜仍沒有回答，只是意味深長地笑了笑。

從地下室回到客廳之後，清風拉住我，似乎有點不悅地低聲問道：「你那個朋友，究竟葫蘆裡賣什麼藥？從一開始就什麼都不肯說，到底怎麼回事？」

我撓撓頭，尷尬地說：「我、我也不知道他在想什麼，妳別急，我去問問。」

說罷，我便向九夜走過去，而九夜已經在沙發坐了下來，我剛要開口詢問，卻看到他忽然攤開掌心，在茶几上放下一枚閃閃發光的小東西。

「咦，什麼東西？」我好奇地彎下腰看了看。

「這是我剛才在酒窖的角落裡撿到的。」九夜回答。

「哇！竟然是鑽戒？」我愣了一下。

「對，是鑽戒。」

九夜微笑著，看看我，突然問了句很奇怪的話。

「戒指，通常是戴在哪裡的？」

「呃……這還用問嗎，當然是手指上啊……」

我不明所以地眨了眨眼睛。

九夜笑了笑，又問：「那為什麼，戴在手指上的戒指，會掉下來呢？」

問出這句話的同時，他看向清風。也不知道為什麼，清風一動不動地呆在原地，瞪著眼睛直愣愣地看著那枚鑽戒，臉色似乎有點發白。

「唔……戴在手指上的戒指為什麼會掉下來……」

我想了想，說：「應該是戒指太大了吧，所以才會鬆脫掉下來。」

九夜不動聲色地微笑著，說：「可是通常買戒指，尤其是這種貴重的鑽戒，難道不是根據自己手指的尺寸來買的嗎？為什麼戒指會突然間變大了呢？」

「呃……」我想了好一會兒，搖搖頭，說，「猜不到答案。」

「小默，想不想聽我講個推理故事？」

九夜看了看清風，又轉頭望向我，彎起唇角，綻開一絲略顯詭譎的笑容。

「咦，推理故事？好啊好啊，我想聽！」

我立刻在九夜身邊坐了下來。

第三章 爪痕・下

今宵異譚

こよいいたん

這個故事的主人公，是一對三十出頭的青年夫婦。

丈夫叫做于方銘，妻子叫做姜淑雲。

算起來，兩個人結婚已經快有十週年了，雖然膝下無子，仍舊彼此恩愛如初，是親朋好友眼中一致公認的「模範夫妻」。

誰都以為，他們可以就這樣一起白頭偕老。

可惜，大部分時候，人們看到的都是表面偽裝出來的假象。

事發的那天晚上，已經將近午夜時分，換作平時，姜淑雲應該早就已經進入夢鄉，可是此時此刻，她仍舊坐在餐桌邊。

過於耀眼的光線從頭頂那盞璀璨的水晶燈裡折射出來，照在她緊鎖的眉間。

她的樣子看起來，似乎正竭力克制著某種即將爆發的情緒。

而她的丈夫，于方銘，一言不發地坐在沙發裡，佝僂著背，扶著額頭。

客廳裡很安靜，只剩下牆壁上的掛鐘在「滴答滴答」地走。

已經整整十五分鐘了，兩個人就這樣對峙著，誰都沒有說過一句話。

直到于方銘再也承受不住這壓抑到幾乎要窒息的氣氛，準備站起身，想去院子裡抽根菸，孰料，姜淑雲突然抬起頭，如同驀然炸開的驚雷似地，砰地一拍桌子，橫眉怒目地呵斥了一聲。

「你到底說不說！那個女人是誰？」

話音落下，于方銘原本已經直起的身子，又縮回了沙發裡。

沉默了許久，他很平靜地吐出幾個字：「淑雲，我們離婚吧。」

「你、你說什麼？」

姜淑雲一愣，還以為自己聽錯了。

可是于方銘抬起頭，毫不迴避地直視著她的眼睛，又說了一遍。

「我們離婚吧。」

「于方銘！這就是你給我的答案嗎！」

姜淑雲站了起來，氣得渾身發抖。

「你曾經說過，你會永遠和我在一起！會永遠愛我！」

「對，妳也說了，那是曾經，不是現在。」

「你！你為什麼……為什麼會變成這樣？是因為那個女人嗎？」

于方銘轉過頭，沒有吭聲。

姜淑雲提高了嗓音，指著他的鼻子尖聲質問：「這一切，全都是因為那個狐狸精！對不對？她到底是誰？告訴我她是誰！」

可是于方銘仍然沉默，不願意開口。

「事到如今，你還想袒護那個女人嗎？你回答我啊！」

姜淑雲走過去，一把揪住于方銘的衣領，憤怒道：「這十年來，我放棄了出國深造，放棄了工作晉升機會，甚至你說不喜歡小孩，我也放棄生孩子，我放棄了所有自己追求的夢想，就是為了能夠開開心心地和你在一起，可是到頭來……到頭來你居然為了一個狐狸精想要拋棄我？于方銘，你良心何安啊！」

「夠了！」

于方銘一把推開姜淑雲，激動地往前跨了一步，不甘示弱道：「妳說夠了沒有？妳有沒有想過，我為什麼要跟妳離婚？這十年來，過得開開心心的只有妳一個人而已！妳根本就不瞭解我，做任何事情也從來都不顧及我的心情，我已經受夠了妳那嬌生慣養又自私自利的大小姐脾氣！」

「你說什麼？我為了你放棄了那麼多，你居然說我自私自利？」

姜淑雲再次衝過去，緊緊扯住了男人的衣襟，氣到發笑，又怒到發抖地落下眼淚，她咬著牙，橫下決心，一字一頓地威脅道：「于方銘，今天，若是你敢跟我離婚，那麼，我就會拉著你一起去死！」

「開什麼玩笑！要死妳一個人去死吧！」

于方銘勃然大怒，突然一甩手，狠狠搧過去一個耳光。

這一巴掌實在太過用力，打得姜淑雲往後一個踉蹌，整個人摔了下去。

只聽到咚的一聲悶響，之後，便再也沒了動靜。

當于方銘怒氣未消，剛想要破口大罵的時候，卻看到姜淑雲已經一動不動地躺在地板上，被桌角撞擊到的後腦勺，正在汩汩地湧出鮮血。

濃稠的血水在地板上緩緩蔓延開來，一直流淌到于方銘的腳邊。

「淑、淑雲？淑雲？」

于方銘吃了一驚，趕緊走過去推了推地板上的女人。

可是女人已經沒有任何反應，逐漸失去血色的臉孔上，仍舊保持著被搧到耳光的瞬間又驚又怒的表情，張著嘴巴，雙目圓瞠，放大的瞳孔筆直瞪著天花板上那盞水晶吊燈。

「淑雲？淑雲？」

于方銘又叫了她好幾遍，仍舊得不到回應。

隔了好幾秒鐘，他這才突然意識到一個可怕的事實。

姜淑雲，已經死了。

「不……不關我的事……這只是一場意外，不是我幹的……」

看著地板上那個已經失去生命跡象、左側臉頰還清晰地留有鮮紅巴掌印的女人，于方銘驚慌失措地往後倒退了幾步，嚇得一屁股跌坐在地。

「這只是意外，不關我的事，這只是意外，不關我的事……」

他渾身哆嗦著，一遍又一遍地重複。

可是，員警會相信他的解釋嗎？

事實上，姜淑雲也確實是因為被他打了一巴掌，才會撞到桌角，就算不是故意殺人，至少也是過失殺人，無論如何，他始終逃不過「殺人」的罪名。

而殺人，是要被判刑坐牢的……

想想自己的人生這一路走來，辛辛苦苦奮鬥了十幾年，從最初的一窮二白到如今小有財富，再加上又找到了個情投意合的小情人，財富在手，美人在懷，本以為從今往後終於可以享樂人生，難道現在……現在要因為姜淑雲，因為這個女人的死，毀掉自己的下半輩子，毀掉所有的一切嗎？

不，不可以……絕對不可以！

可是現在，應該怎麼辦才好？

于方銘閉起眼睛，迫使自己冷靜，隨後開始在心中慢慢盤算起來。

據他所知，姜淑雲從小就是個孤兒，沒有親人，亦沒有什麼朋友，而她上個月剛剛從公司辭職，目前正好處於接觸不到任何人的「真空」狀態，就算突然失蹤了，也不會引起別人的注意吧？

可是，有什麼辦法，才能神不知鬼不覺地……讓一個人失蹤呢？

于方銘用力咬著嘴唇，絞盡腦汁，一遍又一遍地思考，一遍又一遍地尋找答案，最終，當他的視線不經意間瞟過客廳一角的時候，緊鎖的眉頭漸漸鬆開了。

在客廳靠西側角落的那個地方，由於之前下暴雨滲水，他找了裝修公司的人來重新整修牆面和地板，如今牆壁和地板都已經被挖開，還沒來得及修補好，呈現出一塊又一塊凹陷下去的坑洞。

看著那些坑洞，于方銘不禁眼前一亮，似乎想到了個絕妙的主意。

正所謂最危險的地方，就是最安全的地方，要是把姜淑雲的屍體埋在自己家裡，應該不會那麼容易被人發現吧？

可是……屍體體積太大，那些坑洞並不足以容納，整個人塞不進去怎麼辦？

既然整個人塞不進去……那就……

一不做二不休，乾脆肢解之後再塞！

想至此，于方銘下定決心，咬了咬牙，從廚房找來一把最鋒利的菜刀，在這個萬籟俱寂的夜半時分，獨自一個人，揮舞著利刃，將自己相守了十年的結髮妻子，一刀一刀地分解成一小塊一小塊，隨後又將屍塊逐一塞進牆壁和地板的坑洞裡，可是塞到最後，還剩下一點塞不進去。

那些坑洞已經被全部填滿了，怎麼辦？

于方銘低下頭，看了看最後還留在外面的那隻左手。

手上染滿了鮮血，襯著女人雪白的膚色，顯得格外刺眼。

最諷刺的是，在姜淑雲左手的無名指上，仍舊戴著婚戒。

戒指上那顆璀璨的鑽石在水晶燈下閃閃發亮。

于方銘看了一會兒，伸出手，想要將那枚價值不菲的鑽戒取下來，可是不知道為什麼，他費了很大的勁卻始終拔不下來，無奈之下，只能放棄。

這隻戴著鑽戒的左手，該怎麼處理？

思索了幾分鐘……

啊！他忽然想到一個好地方！酒窖！

於是，于方銘帶著這隻左手，來到地下室，從那些正在發酵的葡萄酒之中，仔細挑選了一個大小最為合適的紅陶罐子出來，打開密封的蓋子。

頓時，葡萄酒的濃郁香氣在空氣裡瀰漫開來，和一股淡淡的血腥味混合在一起，變成一種刺鼻又奇怪的味道。

于方銘並沒有將紅陶罐裡的葡萄酒倒掉，而是直接把那隻斷手塞了進去，浸泡在酒裡，隨後將蓋子重新封好，放回原處。

做完這些，已經是凌晨兩點多了。

于方銘回到客廳裡，把狼藉一片的地面收拾完畢後，又將自己從頭到腳沖洗了好幾遍，足足沖洗了半個多小時，才換好一套乾淨的衣服從浴室出來，然後無力地躺倒在沙發裡。雖然身體已經疲憊不堪，卻完全睡不著，就這樣乾瞪著眼睛，直愣愣地望著那盞水晶吊燈。一直等到天亮，他整理好情緒，假裝什麼事情都沒有發生過，按照心裡制定的計畫那樣，一步一步地實施。

他先是打電話，隨便找了個理由將裝修工人辭退，隨後又馬不停蹄地趕去建材商場，買齊黃沙和水泥等必要的建築材料之後，再次回到家裡，把塞了屍塊的牆壁和地板全部仔仔細細地封起來，然後一遍又一遍地修整，直到表面看起來再無任何異樣，于方銘終於長長地鬆了一口氣。

好了，事情暫時了結了。

接下來該做的，就是不要讓任何人發現屍體。只要找不到屍體，姜淑雲就會永遠處於失蹤狀態。而他過失殺人的真相，也將被永遠掩埋下去。

于方銘暗自得意，情不自禁地哼起小調，心底開始策劃起未來人生的美好藍圖。

就在此時——

「叮咚！叮咚！」

門鈴聲冷不防地響起，把沉浸在幻想中的于方銘嚇了一跳。

「誰、誰啊？」

他小心翼翼地走過去，從貓眼裡看了看。

門外站著一個女人，一個他非常熟悉的女人，姑且稱她為X小姐。

X小姐是姜淑雲最要好的朋友，兩人相識多年，情同姐妹。

「妳、妳怎麼來了？」

于方銘打開房門，驚訝地看著眼前的女人。

「我來找淑雲。」女人探頭往屋子裡瞧了瞧，問，「淑雲在家嗎？」

于方銘側身擋住她的視線，壓低嗓音，悄聲道：「我不是跟妳說過，沒事不要到家裡來找我嗎？」

「怎麼，你是怕了還是心虛？不敢讓淑雲知道我們的事情？」

X小姐抬眸看著他，發出一聲輕蔑的嗤笑，隨後伸手推開于方銘，一邊走進屋子，一邊大聲喊道：「淑雲？淑雲？妳在家嗎？」

「喂，別喊了，她不在。」

于方銘關上房門，轉頭看了看X小姐，突然撲過去一把摟住她的腰身，色迷迷地笑了起來，咬著她的耳朵說道：「淑雲不在家，現在就我們兩個。」

「淑雲去哪裡了？」

女人再次推開于方銘，正色道：「從昨晚開始，淑雲就一直沒回覆我簡訊，打電話也沒人接，怎麼回事？她到底去哪裡了？」

「我也不知道她去了什麼地方。」于方銘聳了聳肩，道，「我昨天下班回到家的時候，她就已經出門了，一直到現在都沒回來。」

「你說什麼？淑雲出去了整整一晚上都沒有回家？」

X小姐愣了一下，道：「你、你難道就不擔心嗎？」

「她是成年人了，又不是小孩子。」

「可是一整晚不回家是從來沒有過的事情吧？」

「放心啦，不會有事的。」

「她有跟你聯絡過嗎？」

「沒有。」

「那你有沒有去找她？」

「我又不知道她去了哪裡，怎麼找？」

「不行，我要去找淑雲。」

X小姐焦急地轉身要走，就被于方銘一把拉住。

「從進門開始妳就一直不停地念著淑雲淑雲，妳說夠了沒有？」

于方銘似乎有點惱火。

X小姐甩開他的手，道：「淑雲是你老婆，現在她消失整整一個晚上，難道你就不擔心她的安危嗎？」

于方銘道：「她有可能只是想一個人出去散散心，也許是去酒吧，又或者出去旅行了，以前也發生過這樣的事情。」

「可是我聯絡不到她，電話始終沒人接。」

說著，X小姐從包裡拿出了手機，剛準備再次撥打姜淑雲的電話，卻被于方銘一把奪了過去。

「你幹什麼？」X小姐瞪著他。

「夠了，不要再找了，妳找不到淑雲的。」

于方銘無奈地扶了下額頭。

「什麼意思？」

X小姐不明白地皺了皺眉。

于方銘嘆了口氣，說：「其實昨天晚上，淑雲發現了我們的事情。」

「你、你說什麼?淑雲知道了？」X小姐一驚。

于方銘點點頭。

「那、那後來呢？」X小姐追問。

可是于方銘沒有作聲。

「你回答我啊，後來呢？」X小姐急了。

于方銘仍沒有說話，只是沉默一會兒之後，突然間笑了笑，說了句：「妳先坐一會兒，我去煮杯咖啡給妳喝。」

說罷，他便轉身走向廚房。

X小姐愣在原地，莫名其妙地看著這個男人，但同時，不知道為什麼，心底裡忽然隱隱升騰起一絲極其不安的預感。

咖啡豆在手磨機器裡「嘎啦啦」地響著，一旁的熱水在壺裡冒著騰騰熱氣。

于方銘背對著她，慢條斯理地泡著咖啡。

一時間，兩個人都沒有再出聲。

隔了許久，X小姐再次開口問道：「淑雲在哪裡？」

于方銘回答：「在一個妳不知道的地方。」

過了一會兒，熱水煮開，咖啡豆磨好。

于方銘站在流理檯邊，一邊動作嫻熟地沖著咖啡豆濾渣，一邊緩緩道：「妳知道嗎，就和這世界上的絕大部分事物一樣，愛情，也有保存期限。新鮮的時候固然滋味甜美、甘之如飴，任誰都會喜歡，可是一旦過了保存期限，愛情便會漸漸腐爛發臭。所以，最明智的做法，就是在它發臭之前徹底捨棄，再去尋找一段新鮮的感情，這樣無論對誰都好。

「只可惜，這麼簡單的道理，淑雲她偏偏不明白，非要抓著已經變質的感情不放手。真是個可憐又可悲的愚蠢女人，活該命運多舛。不過，沒關係，反正她已經不在了，現在就只有妳和我兩個人，以後不管做什麼事情，都不會再有人來打擾了，也不用總是畏畏縮縮害怕被人發現，我們以後可以天天在一起，怎麼樣，妳覺得開心嗎？」

說著，于方銘端起一杯煮好的咖啡，微笑著轉身。

孰料，一聲鈍重悶響響起，緊接著又是「匡噹」一聲，咖啡杯摔碎在地。

剎那間，時間彷彿靜止。

在一片驀然沉寂下來的空氣裡，于方銘一動不動地佇立在原地，身體微微抽搐著，張著嘴巴，似乎想要表達什麼，卻已經什麼話都說不出口。在他瞠目結舌的震驚表情中，只看到赤紅的鮮血順著他的額頭緩緩滴落下來。

僵持了幾秒鐘之後，于方銘身體一歪，倒在摔碎的咖啡杯旁。

呼，呼，呼……

彷彿已經耗盡渾身的力氣，X小姐顫動著肩膀，不停地喘息著。

在她的右手中，緊握著一根金屬球棒。

而左手，則緊緊捏著一枚染血的耳環。

這枚耳環，是她剛才無意間從沙發底下撿到的。

一模一樣的耳環，她也有一對。因為這是她去年旅行的時候，特意從巴黎買回來的，她和姜淑雲一人一對。

可是現在，姜淑雲的耳環只剩下一只，並沾滿了鮮血。

幾乎不用多加思考，X小姐就大致猜到昨晚發生了什麼事情。

其實早在幾年前，她就發現于方銘有家暴的跡象。

可是姜淑雲愛他愛得死心塌地，就算被打了也從來沒有想過要離婚。

X小姐憤怒地咬著牙，雙眼彷彿噴火似地，惡狠狠地瞪著倒在地上的男人。

于方銘的嘴巴張得很大，就像是想要大聲質問：為什麼？

是啊，這到底是為什麼？

X小姐為什麼要殺他？

可惜這個答案，于方銘永遠也聽不到了。

在原地站了好一會兒，X小姐慢慢平靜下來。

她冷冷地看了看地上的屍體，隨後穿上圍裙，捲起衣袖，拉著男人的兩條手臂，將他拖到院子裡，挖了個坑，埋在花壇底下。第二天，她又訂購了一大批植物種子，在埋有屍體的花壇裡種下大量的蒲公英。

可是做完這些，X小姐並沒有離開，而是在這棟房子裡住了下來，一邊看守著于方銘的屍體，一邊著手尋找姜淑雲的蹤跡。

日子就這樣一天天過去，埋在土裡的于方銘開始漸漸腐爛，化為蒲公英的養分被吸收，而埋在牆壁和地板裡的姜淑雲，也開始慢慢皮肉脫落。

尤其是地窖裡的那隻左手，由於長時間浸泡在酒裡，腐爛的程度最快，僅僅一個多月，血肉就已經完全溶解，露出一截一截的白色指骨。

某一天晚上，密封在酒罐裡的指骨突然悄無聲息地動了一下，又動了一下，彷彿某種從沉睡中慢慢甦醒過來的冬眠動物，手骨的五指漸漸張開，從發酵到一半的葡萄殘渣和酒液中慢慢掙脫出來。

啊，該死，和人類在一起生活得太久了，久到她差一點都快要忘記自己原本真正的模樣了。尤其是愛上了于方銘，愛上了這個人類男子之後，她便再也沒有露出過自己的真身，而是一直躲在人類的血肉軀殼裡，和這世間所有痴情不悔的人類女子一樣，期盼著可以和自己相愛的男人廝守終身。

可是萬萬沒有想到，于方銘這個混蛋，居然移情別戀！甚至還動手打她！

啊啊啊！可惡！可惡可惡可惡！彷彿充滿了憤怒和委屈，姜淑雲的左手手骨在酒罐裡拚命掙扎了起來，四處亂撞。

終於，整個酒罐從架子上跌落下來，摔得粉碎。

沒有了酒罐的限制，在一片幽暗之中，只看到那隻左手手骨靈活地前後擺動，貼著地面，迅速爬走了。

而在距離酒架不遠處，悄然滾落著一枚從指骨上脫落下來的鑽戒。

不一會兒，酒窖的燈亮了起來。

X小姐披著睡袍從樓上走下來，疑惑地看了看摔碎的酒罐和滿地葡萄酒殘渣。

她實在是不明白，這罐子為什麼會莫名其妙地突然從酒架上跌落下來？

難道是附近的野貓偷偷鑽進酒窖？

可是她明明記得臨睡前有關好門窗啊。

這到底是怎麼回事？

X小姐皺著眉頭，百思不得其解，只能找來拖把，將狼藉的地面收拾乾淨。

收拾完之後，她又不放心地跑去後院看了看。

後院裡很安靜，皎潔的月光下，蒲公英的幼苗正在茁壯成長。

很好，非常好，就這樣慢慢化為肥料，永遠消失吧。

抬起臉，迎著明亮的月色，X小姐微微露齒一笑。

然而，這分安寧的時光並沒有持續多久。

也不知道為什麼，自從酒罐摔碎的那晚開始，這棟屋子裡，便莫名其妙地出現了奇怪的劃痕。第一次發現的時候，是在客廳靠西側角落的牆壁上，非常清晰且深刻的五道痕跡，就像某種野獸的利爪抓在牆面上，力氣大得連石灰粉都紛紛剝落下來。

X小姐驚訝地看著這抓痕，蹲下身，湊近牆壁，仔細查看半天，卻始終想不明白，這劃痕到底是怎麼來的。而她萬萬沒有料到，在之後的第二天、第三天、第四天……隨著時間的推移，這個屋子裡的爪痕居然變得越來越多，越來越密集，不僅僅是牆壁，就連地板上也到處布滿了痕跡。

啊！真是可惡！于方銘這個混蛋，居然把屍體砌在牆壁和地板裡！露出真面目之後，姜淑雲能夠很清楚地感覺到自己的身體被肢解在房間的各個角落，可是她沒有辦法出來，只有鑿碎牆壁、挖開地板，她才得以解放。

於是，這隻孤零零的左手手骨，只能每一晚、每一晚不停地抓牆壁、撓地板。

「嘎啦啦！嘎啦啦！嘎啦啦！」

寂靜的夜色中，伴隨著一道道刺耳的詭異聲響，銳利的指尖在牆壁和地板上留下無數爪痕。

看著這些日漸增多的爪痕，住在這棟房子裡的X小姐越來越毛骨悚然。

她嘗試了各種辦法想要找到原因，卻無論如何都抓不到這個製造爪痕的罪魁禍首。隨著日子一天天過去，X小姐被這些不斷增加的爪痕折磨得幾乎要精神崩潰，她甚至開始懷疑，難道……是于方銘的鬼魂在作祟？

是于方銘死不瞑目，要來找她復仇了嗎？

對，一定是這樣的……一定是……

一定是于方銘冤魂不散來找她了！

一旦陷入了這個想法，X小姐便越來越害怕，越來越惶惶不可終日，可是她又不甘心離開這棟房子，因為，她還沒有找到姜淑雲。

該怎麼辦才好？一籌莫展之際，X小姐突然想到了一個主意。

也許……目前唯一的辦法，只能去請人來作法，驅逐于方銘的鬼魂！

於是，通過一些途徑打聽之後，她找到了一個圈內的同行。

「喂！停停停！停一下！」

故事聽到這裡，我忍無可忍地叫了起來，不可思議地看著九夜，道：「你所說的這個同行，難道是我？」

九夜微微一笑，反問：「你說呢？」

我不禁愣了愣，隨後又將目光投向清風，睜大雙眼吃驚地看著她，結結巴巴地問了句：「妳、妳就是……故事裡的那位X小姐，對嗎？」

清風沒有回答，而是用一種比我更為震驚的表情瞪著九夜，喃喃道：「你是說……淑雲被埋在這間屋子的……牆壁和地板裡？」

九夜仍舊風輕雲淡地微笑著，點了點頭。

緊接著下一秒，清風突然發瘋一樣地撲向那面布滿爪痕的牆壁。

「淑雲！淑雲！淑雲！」

她一邊哀聲嚎叫著，一邊用手指奮力摳挖著牆壁，挖得指甲斷裂血流不止，但她彷彿沒有感覺到絲毫疼痛，仍然一遍一遍地挖著。

我驚愕地看著她，想要上前阻止她的自殘行為，可是被九夜攔住了。

「淑雲，妳為什麼這麼傻……為什麼要這麼執迷不悟……那個男人根本就不愛妳，妳卻偏偏對他這麼死心塌地……妳說妳愛他愛了整整十年，感覺很辛苦……可是妳知不知道，我也等了妳整整十年，非常痛苦的十年……當初妳拒絕我，選擇了這個男人，可是現在妳看看，這個男人到底是怎麼對妳的……淑雲，淑雲……妳回答我啊，淑雲……」

聲淚俱下的話語，斷斷續續地呢喃著，清風毫無顧忌旁邊還有我們在場，一個人跪在地板上，哭得傷心欲絕。

直到此時此刻，我才終於意識到某些事實的真相。

愛情，是不分性別的。想必，清風一直愛慕著姜淑雲，甚至曾經告白過，可是姜淑雲愛的人，卻是于方銘。

之後于方銘出軌，移情別戀愛上清風，恐怕也是清風故意設下的陷阱，目的應該是為了讓姜淑雲對這個有家暴傾向的男人徹底死心，想挑唆他們離婚，可是萬萬沒想到，最後卻導致這樣的悲慘結局。

執迷不悟的愛情，精心策劃的陷阱……

謀殺，分屍，嫉恨，復仇……

糾纏在三人之間，理不清的愛恨羈絆，真是令人喟嘆。

走在回家路上的時候，天空開始下起雨。

我沒有帶傘，九夜用外套蓋在我頭頂，我感覺有點冷，就往他身邊靠了靠。

我們走了很長一段路，兩個人誰都沒有說話。

過了許久，我低聲道：「清風應該早就知道姜淑雲不是人類吧？否則她不會聽完『故事』之後，對這個疑點絲毫不感到驚訝。」

九夜只是意味深長地笑了笑，仍舊沒有出聲。

清風因謀殺罪名被警方帶走了。

兩天後，警方從這棟別墅的後院裡挖出了一具嚴重腐爛的男性遺體，以及從客廳的牆壁和地板裡面，陸續挖出了一具女性遺體的屍塊。

但奇怪的是，這具女性遺體的屍塊在經過拼湊之後，唯獨少了一隻左手。警方搜遍整棟別墅，始終都沒有找到這隻左手，而殺人者于方銘也已經死亡，沒有辦法問他到底把左手藏在哪裡。

於是，失蹤的左手，就成了一個謎。

兩個禮拜後，我突然接到林崎警官的電話。

這位林警官的脾氣還是一如既往地暴躁，幾乎是在按下通話鍵的同時，我就聽到他在電話那頭氣急敗壞地咆哮：「那個女人的屍體到底是怎麼回事？」

「哈？什麼女人的屍體？」我一愣。

「就是你之前報警的那個案子！」

「哦、哦……姜淑雲嗎？」

「對！因為一直沒有找到左手，所以遲遲沒辦法結案，屍體也一直沒有火化，結果今天上午，法醫再次開箱驗屍的時候，發現這個女人的身體裡，居然從頭到腳一根骨頭都沒有！」

「沒有骨頭？」我不禁又是一愣，不過並沒有太驚奇，只是尷尬地咧了咧嘴，支支吾吾道，「這、這個問題，你問我，我也不知道啊……」

隨後只聽到林崎嘆了口氣，停頓了一會兒，又說：「還有，張清心也死了。」

張清心，是清風聆心的真名。

這個意外消息倒是令我大吃一驚。

「什麼？清風她、她死了？怎麼死的？」

「目前死因還沒有查明，只是……」

「只是什麼？」

「今天早上發現她死在獄中的時候，和姜淑雲的屍體一樣，同樣也是……身體裡沒有任何一根骨頭！只剩下一具七竅流血的柔軟皮囊！沈默，你告訴我，為什麼每次只要是你和尉遲九夜報警的案子，都那麼奇怪？你們到底……」

林警官後面的話，我已經沒有心思再聽進去了，而是帶著一臉無比震驚的表情，看向坐在沙發裡的九夜。

九夜喝了口茶，淡淡一笑，說了句：「生活在這個世界上的，不是只有人類。」

第四章

小鬼

《孔子家語》有云：「樹欲靜而風不止，子欲養而親不待。往而不可追者，年也；去而不可得見者，親也。」

意思是，樹想要安靜，卻被風吹不止；孩子想要贍養，老人卻已不在。過去了不能追回的，是歲月；逝去後想見卻見不到的，是親人。

本來我對這段話的理解，僅止於表面意思，並沒有多大的切身體會，可是後來發生了一件事，讓我深深感受到這些話中，字字句句的分量。

時值六月初，天氣開始變得炎熱起來。

阿寶一直纏著我嚷嚷著想要吃刨冰，於是那天我特意買了碎冰機回來，還準備了各種水果口味的調味汁，可是才做好一碗草莓冰，就意外接到母親打來的急電，說是父親突然倒下，被送去醫院急救。

當我心急如焚狂奔到醫院的時候，看到父親躺在病床上昏迷不醒。

令我更加感到意外的是，在做了一番全身精密檢查之後，醫生非常無奈地表示，目前還查不到任何病因，也不知道父親為什麼會突然昏倒，又為什麼醒不過來，現在姑且只能依靠打維生素來維持生命。

母親抱著我哭得雙眼紅腫，我卻沒有任何辦法安慰她，只能眼睜睜地看著病床上的父親越來越虛弱，心裡難過得如同刀割一般。

儘管如此，我也不能在母親面前哭出來。

作為家裡唯一的兒子，在父親遇到困難時，我必須要成為母親堅強的後盾。

所以，我一直強忍著悲傷，辦理好所有住院手續，將母親勸回家好好休息，當我一個人留在病房裡陪著父親的時候，才終於忍不住淚流滿臉。

九夜打來電話，說要來陪我，被我婉言拒絕了。

畢竟，我已經不是孩子了，有時候、有些事情，必須要獨自承擔。

聽完醫生的複查報告後，我擦乾淚水，洗了把臉，努力調整好情緒，一個人默默地坐在病床邊，心中滋味難以言喻。

此時，天色已經漸漸暗了下來，也不知過了多久，正當我望著窗外悄然降臨的夜幕發呆時，突然，耳邊似有若無地飄過一個聲音。

起初我還以為是錯覺，可是當我回過神來，再仔細一聽。

沒錯，安靜的病房裡，確實有一個聲音。

那是個孩子的聲音，一遍又一遍地喚著——

「大哥哥，大哥哥……」

咦，這難道是在叫我嗎？

誰？是誰在叫我？

我一驚，立刻循著聲音轉頭望去。

隨後在病房的角落裡，看到了一個陌生的小男孩。

男孩看起來約莫四、五歲的樣子，額頭中央有一顆黑痣，身上穿著藍色吊帶褲，光著一雙小腳丫，正笑咪咪地抬頭望著我。

可是……可是他的半邊臉孔上幾乎全都是血！

天！這孩子是從什麼地方冒出來的？

我嚇了一跳，幾乎是條件反射地從椅子裡跳了起來，一邊往後退，一邊吃驚地瞪著這個男孩，問：「你、你是誰？」

男孩咯咯一笑，笑起來臉頰上有兩個酒窩。

童音雖然稚嫩，卻字正腔圓，只聽他回答說：「我叫沈默。」

「什麼？沈默？」

我一愣，愕然道：「你、你的名字跟我一樣？我……也叫沈默……」

可是男孩搖搖頭，說：「不，我才是沈默，大哥哥，你偷了我的名字。」

「哈？我偷了你的名字？」

我完全不明白這孩子在胡說八道些什麼，正想要發問，卻看他漸漸收起臉上的笑容，那雙染著血光的眼眸裡，射出一絲惡毒的冷光。

男孩筆直盯著我，緩緩道：「你這個小偷，把名字還給我。」

「我、我不知道你在說什麼？」

我被男孩那陰冷的眼神盯得渾身毛骨悚然，情不自禁地又往後退了一步。

「快把名字還給我！你為什麼要偷我的名字？你這個小偷！」

男孩尖聲質問，同時一個箭步衝了過來，一把抓住我的手腕。

我驚恐地連連往後倒退，想要逃跑，可是居然掙脫不了。

雖然對方只是個孩子，力氣卻大得出乎想像，那隻小小的手掌如同鐵鉤一般牢牢扣住我的手腕，且冰冷得沒有絲毫體溫。

「放……放開我！」

我用力掙扎，男孩卻越抓越緊，扣得我手腕生疼。

「把名字還給我！快把名字還給我！」

男孩一邊淒厲地尖叫著，一邊踮起腳尖近距離地湊過來。我不經意一抬眸，冷不防地看到一張扭曲變形的猙獰臉孔，嚇得大叫了一聲。

「啊！」

伴隨著驚叫，突然睜開雙眼，整個人彈了起來。

我一邊急促喘息著，一邊驚魂未定地看向四周。

窗外夜色朦朧，亮著一盞小燈的病房安靜如初，就好像什麼事情都沒有發生過，只剩下床頭的心跳監測儀器仍舊規律地發出「嘀——嘀——嘀——」的聲響。

咦，難道……是夢？

剛才那只是一場惡夢？

是我不小心趴在病床邊睡著了？

愣了好一會兒之後，我才長長地鬆了口氣，看了看躺在床上仍舊昏迷不醒的父親，隨後心有餘悸地抬手抹了把臉上的冷汗。

然而，在放下手臂的一瞬間，我突然整個人呆住了。

因為，我看到自己的右手手腕上，居然有一圈青黑色的指印！

這……這是那個孩子留下的手印？

天！那、那不是夢？那根本不是夢！

我不禁倒抽一口冷氣，趕緊四下張望。

可是並沒有找到那個男孩的身影。

這是怎麼回事？那孩子究竟是誰？

他看起來像是個死靈，可是又為什麼會出現在這裡？

啊，對了，他說他也叫……沈默？

他說……我偷了他的……名字？

這件事情太過於離奇，實在讓人無法理解，以至於我一時間思緒紛亂如麻，一連串的問號浮現在腦海，而每一個問號都是無解的謎題。

可越是這樣，我便越是感覺好奇，越是想要探尋答案。

這個莫名其妙出現在病房裡的孩子，到底是什麼人？

我忍不住閉起眼睛，再次回憶起「夢境」中那個男孩的模樣。

他看起來大約四、五歲，穿著藍色吊帶褲……

臉蛋圓圓的，額頭中央有一顆明顯的黑痣……

笑起來的時候，臉頰上還有兩枚很深的酒窩……

等、等等，為什麼……

為什麼我突然感覺，好像在哪裡見過這個孩子？

這張小小的稚嫩臉龐，似乎在我遙遠的記憶中出現過？

可究竟是在哪裡，又是在什麼時候？

思索了半天，我一下子想起來，是照片！

對，沒錯，我曾經在一張照片上見過這個男孩！

那已經是許多年前的往事了，有一次家裡在大掃除的時候，從儲藏室的櫃子裡掉出來一張照片，當時我好奇地看著照片上的小男孩，正要彎腰撿起來，卻被一旁衝過來的母親慌慌張張地搶走了。

我問過母親，照片上的男孩是誰？

母親回答說，那是一個親戚的孩子。

可是一直到今時今日，我從來都沒有見過這個親戚的孩子。

之後，這張照片也不知道被母親藏到了什麼地方。

當時的我並沒有在意這件事，時間長了便也淡忘了，可是沒想到，如今這個男孩，居然變成死靈再次出現在我面前，他究竟想要幹什麼？

第二天早上，母親來到病房，我很想問問她關於這個男孩的事情，可是看到母親為了父親的事情憂心忡忡一臉憔悴的樣子，便沒能問出口。

母親將一份熱騰騰的早餐放進我手裡，說：「小默，你陪了一個晚上，已經很累了，回去休息一下吧，這裡交給我。」

我點點頭，吃完早餐之後，便從病房離開了。

離開之前，我擔憂地看了一眼病床上的父親，心情沉重地嘆了口氣。

九夜打來電話，說要來醫院接我。

我勉強笑了笑，說：「我沒事，可以自己走回去。」

九夜在電話那頭似乎欲言又止。

我故作輕鬆地撒謊道：「放心啦，醫生說過幾天就會好起來的。」

九夜沉默著，沒有說話。

掛了電話之後，我一個人沿著回家的小路慢慢走著。

今天是週末，可是街上行人不多。

天氣有點陰沉，雲層壓得很低，讓人感覺煩躁而壓抑。

我深吸口氣，努力整理好情緒，盡量不往悲觀的方向設想。

可越是這樣強迫自己，便越容易胡思亂想。

我無論如何都不能接受，平日裡身體硬朗的父親，怎麼會突然地倒下，而且查不出任何病因？

我扶著額頭，閉起了眼睛。

可是，就在再次睜開雙眼的瞬間，那個穿藍色吊帶褲的男孩居然又出現了！

他站在距離我三公尺遠的地方，身形看起來有點模糊。

我停下腳步，微微瞇起眼睛，忽然產生了一種很奇妙的想法，於是嘗試著用手遮住左眼看了看，隔了一會兒，又遮住右眼看了看。

果然，心中的想法得到了驗證。

原來，我只有用左眼，才能看到那個男孩。

雖然不明白為什麼會這樣，但從左眼看出去，那個男孩正在對著我笑。

「你這個小偷！」他朝我大喊了一聲。

「小弟弟，你到底是誰？」

我疑惑地看著他，可是男孩沒有回答，突然轉身跑開了。

「喂，等一下！我有事情要問你！別跑！」

我趕緊追了上去，可奇怪的是，無論我跑得多快，始終追不上那個孩子。

男孩往前跑了一段路，回過頭來對我吐著舌頭做了個鬼臉。

「你這個小偷！」他指著我罵。

「小鬼！你到底是什麼人？」

我有點惱怒，可男孩仍舊不回答，頭一轉，又繼續撒腿奔跑起來。

「喂，站住！別跑！」

在路人驚訝的眼神中，我一邊狂奔，一邊對著空無一物的前方大喊，就這樣追了一路，直到無意間闖進一片廣闊的樹林，那個男孩的死靈突然消失不見了。

樹林裡十分安靜，靜到連一聲鳥鳴都沒有。

一陣涼風吹過，茂密的枝葉在耳邊沙沙作響。

我茫然地佇立在林子中央，轉頭四望，只見周圍矗立著一棵棵高大挺拔的香樟樹，而在每一棵樹前，都掛著一塊銅製的銘牌。

銘牌有各種形狀，但每一塊上面都刻著文字。

我仔細看了看那些文字，這才恍然大悟，原來，這是一片樹葬公墓。

雖然比較少見，不過之前我有聽說過，樹葬也屬於殯葬方式的一種，就是將死者的骨灰深埋在樹下，不設墓碑，僅以此棵常青樹來寄託哀思。

所以確切說，此時此刻，我其實是站在一座墓園裡。

四周群樹環抱，而每一棵樹，都代表一個逝去的生命。

「把名字還給我！」

正當我驚奇地看著這片墓園時，背後突然又響起了那個男孩的聲音，猛一回頭，發現他躲在一棵樹後，歪著身子探出半個腦袋，神情冰冷地盯著我。

「小弟弟，我不明白你是什麼意思，為什麼你說我偷了你的名——」

我一邊問，一邊向男孩走過去，可是話還沒說完，便戛然而止。

因為，我看到眼前那棵香樟樹上掛著的銅製銘牌，上面篆刻著一句話——

「吾兒沈默長眠於此。」

沈默？葬在這棵樹下的那個人，也叫沈默？

我疑惑地皺了皺眉，隨即又看到銘牌底下的兩行小字——

「立墓人　父　沈文斌　母　許琴如」

「二〇××年三月二十五日」

看到這兩個名字的瞬間，我突然呆住了。

因為不僅僅是我的名字，居然連我父母的名字也都一模一樣？

世界上應該不會有那麼巧合的事情吧！

可如果不是巧合，這三個完全相同的姓名，又該如何解釋？

我愕然地看著這塊銘牌。

「你這個不要臉的小偷！」

男孩從樹後走出來，神情怨毒地瞪著我，道：「你偷了我的名字，還偷了我的爸爸媽媽！你這個小偷！把名字還給我！把爸媽還給我！」

在男孩的怒罵聲中，我忽然意識到，埋葬在這棵樹下的，應該就是眼前這個男孩，而為他立墓的人，正是我的父親和母親。

所以，這個男孩沒有撒謊，他才是真正的「沈默」？

可如果他是「沈默」，那我又是誰？

不！這一定是哪裡搞錯了！

明明我才是爸媽的兒子！明明我才叫「沈默」！

從小到大我一直都是……都是……

等……等一下……

站在這片靜如死寂的墓園裡，站在這棵香樟樹前，我忽然驚恐地看了看銘牌上的文字，又再次看了看眼前這個小男孩，驀然發現一件事。

我好像……沒有五歲之前的記憶……

無論怎麼努力回憶，都始終想不起來五歲之前的任何生活細節，甚至包括小時候每一年都會和父母一起合影的生日照片，也是從五歲生日開始的……

怎麼會這樣？難道是我記憶錯亂了？

我抱住自己的肩膀，往後退了一步，卻看到眼前的男孩陰冷一笑，說了句：「你只是我的替代品而已……」

「你說什麼？替代品？開什麼玩笑！」我惱火地搖了搖頭。

可是男孩上前一步，咄咄逼人道：「你連自己是誰都不知道！」

「閉嘴！不要再胡說八道！」

我忍無可忍地咆哮起來，強裝鎮定，可是依然無法克制住心底裡漸漸升騰起來的恐懼感，因為男孩的話，戳中了我的痛處。

他說的沒錯，如果他才是「沈默」，那我到底是什麼人？

我閉起眼睛，驚惶失措地在腦海中拚命搜尋兒時的記憶，可越是拚命回憶，大腦深處便越是呈現出一片空白，彷彿被人故意抹去了這段回憶，當我試圖想要去撕裂這片空白時，大腦神經便毫無徵兆地劇烈疼痛起來。

「唔……啊啊……啊啊啊……」

我緊緊抱著頭，痛得跪倒在地，但我並沒有就此放棄，仍然固執又倔強地撕扯著腦海深處的那片空白，直到記憶的枷鎖裂開一道罅隙，我一邊咬緊牙關強忍著劇痛，一邊從那道罅隙之中窺見一些零零碎碎的片段。

塵封的往事，殘缺的畫面，如同老舊的黑白電影，一幕幕滑過腦海。

「文斌，文斌，你快來看，這裡有個孩子！」

年輕的女主人站在家門口，驚訝地看著一個約莫四、五歲的男孩。

男孩穿著件白色毛衣，可是毛衣上沾滿了赤紅的鮮血，手裡還緊緊抓著一架已經燒焦的玩具飛機模型，整個人就像剛剛經歷了一場生死劫難，小小的身軀驚魂未定地顫抖著，稚嫩的臉龐上掛著尚未乾涸的淚痕。

「咦，怎麼會有個孩子？」

男主人聞聲從屋子裡快步走出來。

「發生什麼事了，看起來好可憐啊……」

女主人心疼地抱住男孩，替他擦去臉上的血跡。

男主人蹲下身，摸了摸男孩的頭髮，問：「你從哪裡來？你的爸爸媽媽呢？」

可是男孩沉默著沒有回答，神情空洞而迷茫地低垂著視線。

日子一天天過去。

男孩始終不曾開口說話，也完全不記得以前的事情。

善良的女主人帶他去看了醫生，醫生說可能是曾經受到過度刺激，導致創傷後壓力症候群，需要耐心的疏導才會慢慢好起來。

於是女主人便一直陪伴在男孩身邊，如同慈母一般，每天溫柔呵護與照顧。

漸漸地，男孩學會了微笑，學會了開口叫「爸爸媽媽」。

男主人說：「琴如，不如我們領養這個孩子吧，小默也已經過世大半年了，剛好他的年紀也和小默差不多，看著這孩子，感覺就好像我們的兒子又回來了……」

女主人一愣，抬起頭，淚水漫溢了出來，哽咽道：「我們也叫他小默好不好？」

……

「小默，小默，五歲生日快樂！這是媽媽給你的禮物，喜歡嗎？」

「小默，小默，爸爸帶你去遊樂場玩雲霄飛車吧！」

「小默，小默，媽媽做了水果蛋塔哦，快點來吃吧！」

「小默，小默，看，爸爸買了你最喜歡的迷彩水槍！」

小默，小默，小默……

「啊啊啊啊啊啊……」

記憶的碎片如同一枝枝利箭，刺穿胸膛，插在了心口。

不！不是這樣的！騙人！

不是這樣的！不是！不是！

我感覺心口疼得無法呼吸，只能整個人彎著腰，崩潰地蜷縮在地上，撕心裂肺般地大聲嘶吼著，像瘋了一樣地搖著頭，直到面前伸出一雙有力的臂膀，一把抱住了我，將我從地上扶起來。

「小默，小默，冷靜點……」

熟稔的嗓音自耳邊響起，一遍又一遍地叫著我的名字，才終於將我從徹底崩潰的情緒中拉回現實。

我渾身哆嗦著，淚流滿面地抬起頭，看到九夜緊緊摟著我，眼神裡滿是心疼。

上午十點，陰沉的天空開始飄起了細雨。

九夜拉著我，將我帶出那片樹葬公墓。

我們在河邊的長椅上坐了下來，九夜買來一瓶溫熱的牛奶塞進我手裡。

我一邊喝著熱牛奶，一邊感受著冰涼的雨絲劃過臉龐，許久都沒有出聲。

九夜也沒有說話，只是坐在旁邊默默地陪著我。

直到喝完牛奶，我才終於稍微平復了心情，垂著視線，喃喃說：「我怎麼都沒有想到過，原來自己是爸媽領養來的……所謂的生日，其實就是領養日吧……」語畢，長嘆了口氣，嘲諷地笑了下，又道：「說到底，我只是個替代品而已……代替了那個死去的男孩……成為爸媽的兒子……」

說完，我心情苦澀地閉上眼睛。

「小默，事情並不是你想的那樣。」

九夜看著我，道：「如果只是把你當成替代品，你父親就不會養那個小鬼了。」

「你說什麼?養小鬼?」我一愣。

九夜點點頭，道：「是的，沒錯，樹葬公墓裡的那個孩子，是你父親養的小鬼。」

聽到這話，我一下子呆住了。

什麼?父親在養小鬼?

九夜微微一笑，說：「小默，你願意跟我來看一看嗎?」

「看什麼?」

我不明白地皺了皺眉。

可是九夜沒有回答，只是站起身，自顧往前走去。

我趕緊跟了上去，但怎麼都沒想到，九夜居然帶我去了醫院。

母親正在外面和主治醫生商討治療方案事宜，九夜拉著我走進父親的病房。

「小默，你用影晶石看一看。」

他指了指病床上的父親。

我茫然不解地看著他，從口袋裡摸出了影晶石眼鏡戴上。

就在視線穿透鏡片的一瞬間，我赫然看到了一把散發著螢光、像刀刃一樣的「利器」，筆直地插在父親的胸口！

「這是什麼？」我吃了一驚。

九夜回答說：「是供小鬼吸取精血和養分用的觻角，有點類似於你們人類母嬰相連的臍帶，而你父親，正是通過這個觻角，供養了這個小鬼十幾年，所以才會導致精血不足，元氣不夠，猝然昏倒。」

「什麼？十幾年？」

我驚愕地看著昏迷不醒的父親，心情酸澀地說道：「是因為……捨不得自己的親生兒子就這樣離開，所以……所以就一直養著這個小鬼嗎……」

「不是，你父親是為了保護你，才會養這個小鬼。」

「為了保護我？」

我不明白地看著九夜。

九夜沉默片刻，問：「小默，你還記不記得，在六歲那年，你曾經大病過一場？」

我愣了一下，說：「不太記得，不過後來無意中聽母親說起過，小時候我曾經高燒不退，昏迷了三天三夜，輾轉了數家醫院，醫生也全都束手無策，最後甚至下了病危通知書，幾乎命懸一線……」

九夜點點頭，道：「是的，其實那個時候，是因為這個小鬼的死靈糾纏著你不放，想要拖你一起下黃泉。而你父親大概多多少少發現了這一點，知道是自己親生兒子冤魂不散，想要加害於你，於是他便找到一個懂點門道的江湖術士，只求保你平安，不計任何代價。當時術士教給他一個辦法，就是用自己的精血供養這個小鬼，將其禁錮在麟角之中，這樣他就不會再去糾纏你。可是十幾年過去，如今你父親的身體一天天衰弱，無法再承受麟角的反噬，更沒有多餘的精力拴住這個小鬼，所以這孩子的死靈便從麟角中脫逃出來。」

聽完這些話，我站在病床邊愣愣地呆了許久。

沒想到父親為了保護我，居然做出了這麼大的犧牲，而我剛才還在埋怨父母只是把我當成替代品，實在是……

心中的自責與愧疚無以言喻，我難受地閉了下眼睛，問：「阿夜，我可以將這枚麟角從父親的胸口拔出來嗎？」

「可以，但是會折壽。」九夜道，「而且經過長年累月的沉積，這枚麟角上已經沾滿那個孩子的怨氣，在拔除過程中，恐怕會承受極大的痛苦。小默，如果你想救你父親，我可以幫你……」

「阿夜，謝謝你，但是……我想自己來。」

我搖搖頭，打斷了九夜的話，語氣堅定地說道：「無論是折壽也好，再大的痛苦也罷，我都願意自己承擔。只是，拔除麟角之後，我想請你幫助那個孩子的死靈進入輪迴，可以嗎？」

九夜看著我，沉默了一會兒，答應說：「好。」

隨後，他便拿出一條紅繩纏繞在那枚麟角上，說是這樣可以減輕一點痛苦，可是當我伸出雙手，握住麟角的一瞬間，仍是感覺到了撕心裂肺般的疼痛，就好像握在了布滿尖刺的荊棘上，手掌綻開一道道血口。

我緊緊咬著牙齒，剛要將插在父親胸口的麟角用力向上拔起。

驀然間，耳邊響起一聲尖叫。

我吃驚地轉過頭，看到那個男孩的死靈衝了過來，但被九夜一揮手，「砰」的一聲，牢牢釘在牆壁上無法動彈。

「不要！不要拔掉！大哥哥，求求你！拔掉麟角我就沒有地方去了，我不想走，不想離開爸爸媽媽，求求你不要拔掉！」

男孩嚎啕大哭了起來，手腳沒辦法動彈，只能一邊搖頭，一邊哭著哀求。

「大哥哥，我不會再來害你了，求你讓我留在爸爸媽媽身邊，好不好？我不想離開這個世界，我不想走……大哥哥，求求你……」

男孩哭得傷心欲絕，悲慟的哭聲一遍遍迴盪在耳邊。

我也忍不住落下了淚水，幾乎要心軟放棄。

這時，九夜按住我的肩膀，緩緩道：「小默，麟角不拔除，你父親就永遠也醒不過來。而且，每一個死靈都有他自己的魂歸之處，生死輪迴是天命，無法違逆，那孩子與這個世界的緣分，早就已經結束了。」

是的，九夜說的這些，我心裡都明白，可是……

我痛苦地閉起眼睛，迫使自己不去聽那孩子的慟哭與哀求，隨後緊咬牙關，握住麟角用力一拔，剎那間，眼前綻開一片光芒。

光芒之中，我看到了母親和那個男孩。

男孩穿著一條藍色吊帶褲，手裡抓著一顆紅色氣球。

年輕的母親牽著男孩的手，走在熙熙攘攘的大街上。

街邊有輛販賣冰淇淋的小貨車，車裡擺著各種色彩繽紛的冰淇淋球。

男孩走著走著停了下來，好奇地看著那些五顏六色的小球。

年輕的母親彎下腰，溫柔地摸了摸男孩的頭髮，笑著說了點什麼。

男孩立刻點點頭，露出一臉天真無邪的幸福笑容。

於是母親取出錢包，走到冰淇淋小貨車前。

男孩站在母親身邊，乖巧地等待著。

而這時，一陣風吹過，將男孩手中的紅色氣球吹飛了起來。

男孩轉過身，追著氣球向馬路中央跑去。

當年輕的母親拿著冰淇淋回頭的一瞬間，四周響起一片路人的驚叫，以及一聲刺耳的汽車喇叭長鳴。

明媚的陽光下，只看到男孩小小的身軀被撞飛到半空，驚恐無助的雙眼圓睜著，張開的嘴巴還沒來得及喊出一聲「媽媽」……

「小默！」

年輕的母親嘶聲尖叫起來，瘋了一樣地衝向馬路。

眼前的畫面隨著麟角散發出來的光芒漸漸黯淡下去。

直至光亮完全褪散，插在父親胸口的麟角和那個男孩，一同消失得無影無蹤。

我低著頭，微微顫抖著，一手撐在病床邊，一手緊緊捂著眼睛，拚命想要克制，可是淚水卻不斷地湧出來，漫溢在指縫間。

「小默？怎麼了？你沒有回去休息嗎，怎麼又回來了？」

母親從病房門口走進來，驚訝地看了看我，又看了看九夜。

我趕緊擦了擦眼睛，搖搖頭，說：「媽，我沒事……」

看到我哭成這樣，母親還以為我是在為父親的病情擔心，於是走過來，溫柔地抱住我，就像小時候一樣，一邊摸著我的頭髮，一邊輕聲哄道：「傻孩子，有媽媽在呢，不哭，小默乖，不哭……」

可是不知道為什麼，母親越是安慰，我越是哭得停不下來。

九夜沉默地站在一旁，淡淡微笑著看著我們。

三天後，父親奇蹟般地從昏迷中醒了過來。

如同檢查不出突然昏倒的病因一樣，醫生也不明白父親為什麼會突然醒過來。

出院那天，我和母親一起去接他，父親已經在和其他病友談笑風生。

看到我走過來，他立刻露出一臉心滿意足的幸福模樣，嘴巴卻抱怨著，向別人介紹說：「喏，這就是我家那個不成器的傻小子……」

我低頭笑了笑，一手攙著母親，一手扶著父親，道：「爸，媽，我們回家吧。」

第五章

眼睛・上

關於知道自己是養子這件事情，我一直沒有告訴父母。

雖然有時候也會一個人陷入沉思，會想知道親生父母究竟是什麼人？此時此刻在哪裡？以及他們為什麼不要我？是因為有什麼不得已的苦衷嗎？

由於沒有五歲之前的記憶，我什麼都想不起來，也完全不記得親生父母的模樣。

不過，這些都不重要了。

因為對我來說，父母是唯一的，就只有現在身邊的這兩個人而已，他們待我視如己出，給了我一個幸福的家庭和生活環境，我已經覺得非常滿足。

只是，有一點讓我心存疑惑。

當年母親在家門口發現我，那只是個偶然嗎？

還是說，是有人特意把我放在那裡的？

如果是的話，那麼，那個人又是誰？

我一邊思索著，一邊坐在電腦前心不在焉地看著螢幕。

「小默，怎麼了？一個人在想心事？」

背後忽然響起一個低沉悅耳的嗓音。

我一愣，回過神來，趕緊搖搖頭，道：「沒事，我在看郵件。」

九夜微笑著，遞過來一杯色澤清透、香氣撲鼻的茗茶，道：「昨天路過一間新開的鋪子，買了點剛採摘下來的新茶，你嘗嘗看？」

我接過那盞茶水，淺啜了一口，頓時齒頰留香、回味無窮。

「好香啊……」

我忍不住讚嘆了一聲，還想再嘗第二口，卻被蓋住了茶杯。

「好茶當然要配好的甜點才會更美味。」

九夜低下頭，笑得一臉迷人，道：「小默，做個巧克力布丁給我，好不好？」

「拜託，那是阿寶吃的東西，你又不是小孩子！」

我不禁好笑地看著他，可是當看到九夜擺出一副失望的模樣時，便忍不住立刻投降了，連聲道：「好好好，做給你吃啦！不要不開心嘛！」

「那布丁上面再用草莓醬畫顆愛心好不好？」

「愛心？你……」

我皺了皺眉，看到這傢伙微微翹起了唇角，劃過一絲意味不明的笑意。

「我想要顆愛心，好不好？」

「好好好！什麼都依你！」

我搖著頭，明知道這傢伙是故意的，卻也拿他沒辦法。

這時，突然聽到背後冒出一聲大吼。

「喂！肉麻夠了沒有！」

一回頭，看到趴在狗窩裡的白澤氣勢洶洶地瞪著眼睛，怒斥道：「你們兩個，是當我死了還是不存在？」

「呃，對不起……」我尷尬地撓撓頭，問，「你也要布丁嗎？」

「還有阿寶！阿寶也要！」

一個稚嫩的童音忽然從另一邊冒出來，帶著一顆黑色毛球，急急忙忙衝到我面前，拉著我的衣服嘟嘟囔囔道：「阿寶也要吃巧克力布丁！阿寶也要！」

「好啦好啦，等我把這幾封郵件看完，立刻就去做巧克力布丁。大白、球球還有阿寶，每個人都有份！」

我笑著答應，可是聽到九夜突然補充了句：「有愛心的只准給我。」

「好好好，知道啦！」

我沒好氣地瞪了他一眼，隨後便轉過身，繼續查看剩下來的幾封郵件。

三月初的時候，應出版社之邀，我以「黑犬」這個筆名開了個公眾信箱。本意是打算和讀者有更多的交流，可是沒想到，信件有如雪花似地紛沓而來，有讀書心得，有情感傾訴，有趣事分享，甚至還有想跟我探討捉妖經驗的，以及想要拉著我一起去「降妖伏魔」、「為民除害」的，看得我啼笑皆非。

由於信件一下子湧來太多，我根本來不及看，只能每天打開數封郵件來仔細閱讀，然後認真回覆，所以，當我看到那封求助信時，已經隔了兩個月之久。

寄信人叫做「白露」，從她的文字描述來看，應該是個女大學生。

信件內容很長，洋洋灑灑寫了一堆，不過總結起來就一句話。

這個叫白露的女生，說她的男朋友突然中邪發瘋，想請我幫忙。

說實話，這些天收到許多類似的郵件，大部分都是危言聳聽、誇大其辭，所以一開始我並沒有打算進一步調查。可是看到信件的最後，我發現這個女生所在的大學，居然是我的母校，也就是說，她是我的學妹。

也許是出於對學妹的關心，我向白露詳細詢問了事件的原委。

可是白露情緒激動地解釋了半天，我始終沒有搞明白究竟發生了什麼事。

無奈之下，最後我答應去一趟母校。

白露的男朋友也在同一所大學，算是我的學弟，名叫陸遠洋，今年大四。

基本上大四的學生已經不太會住在學校裡了，因為大家都在忙著寫畢業論文和找工作，所以那天，當我踏進那間男生寢室的時候，只有陸遠洋一個人。

由於校方規定女生不能進入男生宿舍，所以白露只能留在外面等。

畢業一年多，母校的男生宿舍大樓還是和記憶中的一樣，我熟門熟路地找到了六零三三號寢室，推開虛掩著的房門，環視了一圈四周，隨後便找到了那個裹著被子、蜷縮在床上瑟瑟發抖的男生。

「你是陸遠洋對嗎？」我叫了他一聲。

男生躲在被窩裡沒有反應。

我一邊慢慢走過去，一邊說：「是你的女朋友，白露，讓我來找你的。」

可男生仍舊沒有任何回應。

我走到他身旁，聽到這男生埋頭裹在被子裡念念有詞，於是便湊過去仔細聽了聽，發現他一直神經質般地不斷重複著幾個字：「不是我幹的不是我幹的不是我幹的不是我幹的……」

「什麼事情不是你幹的？」我忍不住好奇地問道。

但陸遠洋沒有回答，甚至連頭都沒有抬一下，也沒看我一眼。

我在床邊坐了下來，耐心地說道：「你的女朋友白露很擔心你，她說已經好久沒有見到你了，你連她的電話也不接，能不能告訴我，究竟發生什麼事了？」

話音落下，隔了許久，陸遠洋仍是躲在被子裡不露臉。

我又試圖說服道：「你知道嗎，其實我也是從這個學校畢業的，姑且可以算是你的學長，如果你願意相信我，能不能把藏在心裡的事情告訴我？」

然而，無論我說什麼，陸遠洋始終不回應，他就好像完全不知道身邊有我這個人存在似地，一直陷落在自己的世界裡，不斷地重複著那句話。

我無可奈何地看了看他，沉默了一會兒，隨後從口袋裡摸出手機，剛準備打電話給等在樓下的白露，想跟她說，也許可以請個心理醫生來看看。

孰料，就在我剛要按下通話鍵的一瞬間，陸遠洋突然掀開被子，整個人撲了過來，牢牢抓住我的手，驚聲尖叫道：「不要報警！不是我幹的！不要報警！」

我愕然抬起頭，卻在看到他臉孔的一瞬間愣住了。

三、三隻眼睛……天啊！

我竟然……在陸遠洋的臉上，看到了三隻眼睛！

除了正常人都有的那一雙眼睛之外，在他的額頭上，還有另外一顆眼球！

那顆圓滾滾的眼球突出在腦門上，顯得異常碩大，墨綠色的瞳孔正在左搖右擺地四處觀察，最後近距離地瞪住我。

我嚇了一跳，一邊往後退，一邊驚恐地看著那顆眼球。

可是就在我呆住的這短短數秒之間，陸遠洋忽然崩潰似地嚎啕大哭，淚流滿面地說道：「對不起，我也不想的，我不是故意要殺妳的……妳的頭在後山的桃花林裡，妳還記得嗎？那是我們曾經約定過的地方……慧珍啊，原諒我好不好……慧珍啊，我真的不是故意的……」

哭著哭著，陸遠洋突然一個轉身，從窗戶爬了出去。

「喂！等一下！」

我見狀趕緊衝過去，可是晚了一步，沒有來得及抓住，只能眼睜睜地看著他從六樓窗戶筆直墜落，剛好摔在白露面前。

白露發出的那聲撕心裂肺的尖叫，一直久久迴盪在我耳畔。

這件事發生得實在太過突然，我根本來不及思考，以至於後來警方在給我做筆錄的時候，腦袋裡仍舊一片混亂，什麼都回答不出來。

最後，負責這起命案的林崎警官，把我帶回了警局。

審訊室裡，這位脾氣暴躁的刑警大叔坐在我對面，頭痛萬分地一邊用食指敲擊桌面，一邊看著我，第N次詢問道：「陸遠洋為什麼要跳樓？」

「我不知道。」我也是第N次如實回答。

林崎按捺著火氣，耐著性子說：「當時那間屋子裡只有你們兩個，現在其中一個人毫無理由地墜樓身亡，你居然跟我說你什麼都不知道？」

「我……我是真的什麼都不知道……」

「現場有桌椅翻倒的跡象。」

「是因為陸遠洋突然撲過來抓住我，撞翻了桌椅。」

「哦？你們吵架了嗎？所以陸遠洋才會撲過去抓住你，然後你們就扭打起來，在打架過程中，你又不小心把他從窗戶推了出去——」

「不是你想的那樣！」

我吃了一驚，連忙搖頭否認。

林崎冷笑了一聲，道：「老實交代吧，是不是你把他推下樓的？」

「絕對不是！我發誓！」

「發誓有屁用！我要的是合理的解釋！」

林崎氣呼呼地看了我一眼，又問：「你和陸遠洋是什麼關係？」

「什麼關係都沒有，我不認識他……」

「不認識？那你為什麼會出現在案發現場？」

林崎重重拍了下桌子。

坐在一旁做筆錄的麻小凡趕緊遞過來一杯涼茶。

「老大，消消氣。」

林崎看看他，抓起茶杯，一口氣喝完，隨後又將視線轉向我。

「說！你為什麼會無緣無故跑去那間男生寢室？」

「是因為……因為白露……哦，就是陸遠洋的女朋友，說陸遠洋中邪了，叫我去幫忙看看情況……」

「中邪？開什麼玩笑！」

林崎忍無可忍地站了起來，厲聲斥道：「沈默，我已經忍你很久了！問題問到現在，你不是回答我說不知道，就是在瞎編亂造、一派胡言！」

「我沒有瞎編亂造，不相信的話你可以去問白露。」我據理力爭。

「夠了！」

林崎一揮手，什麼解釋都不想聽，情緒暴躁地在原地走了幾步，一邊走，一邊不耐煩地嘀咕道：「為什麼會碰上你們兩個人，真是見鬼！沈默，老實告訴我，你和尉遲九夜兩個人，到底整天都在搞些什麼鬼？為什麼你們身邊總是會發生一些奇奇怪怪的事情？不行，這一次，我絕不會善罷甘休，一定要追究到底！就算現在尉遲九夜那傢伙來了，我也絕不會放過你！」

孰料，話還沒說完，就忽然聽到背後揚起一個悠揚悅耳的嗓音。

「哦？是嗎？請問，我家小默究竟哪裡得罪你了，林警官？」

話音未落，林崎突然停下腳步，臉上的表情抽搐了一下，隨後猛一回頭，發現不知何時，九夜已經站在他背後，笑得一臉善良又無害的模樣。

林崎愕然愣了幾秒，清了清嗓子，理直氣壯道：「作為本起命案的最大嫌疑人，今天我要扣押沈默在警局。」

「哦？最大嫌疑人？」九夜笑了笑，微微瞇起的眼眸裡冷光一閃，問，「林警官親眼看到小默將死者推下樓了嗎？」

「我……當然沒有……」

「那有沒有其他證據，可以證明小默是凶手？」

「也……沒有……」

「那你憑什麼說他是最大嫌疑人？」

「憑我多年的辦案經驗！」

「經驗有屁用！我要的是合理的解釋！」

九夜微笑著，將之前林崎對我說過的話，如數奉還。

「尉遲九夜！你！」

林崎被氣得不輕，火冒三丈地瞪著他。

可是九夜卻笑得愈加迷人，悠悠問了句：「我現在可以帶小默回家了嗎？」

林崎扶著額頭，長嘆了口氣。

其實我也明白，這起命案，從一個刑警的角度來看，我確實可以被列為重點疑犯，林崎只是公事公辦而已。

不過，沉默了許久之後，他還是心軟地一揮手，道：「你們走吧。」

我深深鞠了一躬，感激道：「謝謝你相信我，林警官。」

林崎轉頭看我，又看了看九夜，說：「能不能告訴我到底發生了什麼事？」

我剛想回答說「真的不知道」，就被九夜打斷了。

「這個案子，還沒有結束。」

留下這樣一句話之後，在林崎一臉又是驚訝又是疑惑的表情中，九夜拉著我，頭也不回地離開審訊室。

第六章

眼睛・下

接下來的一個多禮拜，白露來找過我好幾次，不斷地詢問我陸遠洋為什麼要跳樓，問我當時究竟發生了什麼事情。

可是我什麼都回答不出來。

關於陸遠洋額頭上長著第三隻眼睛的事情，除了九夜之外，我誰都沒有說。

因為，陸遠洋的屍體上，根本就沒有那第三隻眼睛。

由於是從高空墜落，儘管頭顱已經被撞擊得變形，可是當屍體被抬上擔架，從我眼前經過的時候，我並沒有在他顱骨碎裂的額頭上找到那顆碩大的眼球。

怎麼回事，這難道是我的錯覺嗎？

不，不可能，當時我真真切切地看到了那第三隻眼睛！絕對不是錯覺！

可是，在陸遠洋墜樓之後，那隻眼睛為什麼會消失不見？

這個問題我問了九夜好幾次，然而他只是淡淡回了句：「這世間之事，有因必有果。自食惡果者，必有其可悲之處。」

「哈？什麼意思？」

我眨了眨眼睛，不明白地看著他。

九夜卻不再解釋，只是微笑著，說：「小默，不要再參與這件事了。」

我無奈地撓撓頭，拿他沒辦法。

兩天後，我接到了林崎警官的電話。

他說：「沈默，你之前做筆錄的時候有提到過，陸遠洋跳樓前說了一堆莫名其妙的話，其中有提到『慧珍』這個人，並且還說什麼『妳的頭在後山的桃花林裡』，還說自己不是故意要殺人的……對嗎？」

「是的，沒錯。」

我一邊回憶著，一邊點點頭。

林崎沉默了一下，道：「警方在西區郊外的一座山上挖出一顆人頭，那顆人頭被埋在一片桃花林裡，經ＤＮＡ檢驗，死者是一個名叫『韓慧珍』的女人。」

「欸？什麼？」我一愣，吃驚道，「難道陸遠洋是殺人凶手？」

「不，凶手不可能是陸遠洋。」

林崎立刻否定道：「經過法醫鑑定，韓慧珍的死亡時間超過二十年以上，陸遠洋今年才二十四歲，凶手根本不可能是他。」

「二十年以上？那凶手是誰？」

「不知道。」

「不知道？」

「這幾天我查閱了一些歷史檔案，發現當年這起在本市轟動一時的無頭命案，最後一直沒有抓到凶手，至今還是個未解的懸案。」

「呃，既然凶手不可能是陸遠洋，那為什麼他會知道死者的頭顱被埋在山上？」

「你問我我去問誰！」

林崎不耐煩地咆哮了一聲，道：「好了好了，你別再問了，這些都是警方的內部消息。我打電話給你，是想說，如果你還有想到什麼新的線索，一定要及時告訴我，聽到沒有？」

「哦，知道了。」

掛了電話之後，我看了看坐在沙發裡喝茶的九夜。

可是這傢伙仍舊一副無動於衷的冷漠樣子。

儘管對這個案子充滿了好奇，但隨著陸遠洋的死亡，線索已經全斷了，我一個人也無從著手調查，只能就這樣暫時擱置。

然而就在我快要漸漸淡忘此事的時候，白露又突然出現了。

僅僅隔了一個多月，這女生消瘦了許多，面容有點憔悴。

也許，是還沒從男朋友在眼前墜樓身亡的打擊中恢復過來吧。

「妳感覺怎麼樣，好點了嗎？」

我們約在大學門口的一間咖啡館裡。

白露坐在我對面，手裡握著一杯薄荷茶，低頭沉默了許久，忽然說了句：「學長，幫我個忙好嗎？能不能麻煩你去一個地方看看？」

我愣了一下，問：「什麼地方？」

白露沒有回答，只是轉過頭，隔著落地玻璃，看向了馬路對面。

我順著她的視線望過去，那裡有一間遊戲廳，大概是新開張的，因為一年多前，我還在校讀書的時候，並沒有見過這間遊戲廳。

選址在學校旁邊，想必是為了吸引學生當客源吧。

我剛想問「這間遊戲廳有什麼問題嗎」，可是還沒開口，就看到白露搖搖頭，說了句：「其實遠洋不是第一個。」

「什麼不是第一個？」我不明白地看著她。

「不是第一個發瘋的。」

白露轉回視線，深吸了口氣，緩緩道：「我一直無法相信我男朋友會跳樓自殺，所以這段時間以來，我一直在暗中調查，後來陸續打探到一些消息。其實在遠洋墜樓之前，還有一個中文系的大二男生也突然精神失常，現在正在住院治療。而在上個禮拜，又有另外一名大一的學生，也突然發瘋，拿著美工刀想要捅人，現在已經被父母帶回去，暫時休學了。」

說到這裡，她停頓了一下，抬起頭看我，又道：「包括我男朋友在內，他們三個人互相並不認識，生活圈也沒有任何交集，根據我的調查，唯一一個共通點，就是他們都喜歡打遊戲，並且是那間遊戲廳的常客。」

「哦？這麼說，你懷疑他們三個人會精神失常，和那間遊戲廳有關？」

一邊問著，我一邊回頭看了看馬路對面。

「我不能確定，但總覺得有點蹊蹺，所以後來我去過那間遊戲廳好幾次，想去打聽打聽，可是被老闆發現，對我起了疑心，把我趕出來了。」

說著，白露看著我，低頭懇求道：「學長，幫幫我好不好？我不想遠洋就這樣死得不明不白，我想知道他為什麼會發瘋墜樓。」

話音落下，我沉默了一會兒，答應了她的請求。

其實不僅僅因為這是學妹的求助，更是想要滿足自己的好奇心。

因為我也非常非常想知道事情的真相。

所以當天下午，我便去那間遊戲廳裡走了一圈。

從表面看起來，這裡和普通的遊戲場所沒有什麼兩樣，環境有點嘈雜，室內燈光昏暗，場地雖然不大，但遊戲設施的種類一應俱全，從射擊到球類，從方程式賽車到快艇，從跳舞機到太鼓達人，甚至還有全像投影的CS，可以滿足不同遊戲愛好者的需求。

在遊戲廳裡徘徊了大約十幾分鐘，立刻就有服務生上來詢問，於是我辦了一張會員卡。在接下來的兩個禮拜，我每天都會光顧這間遊戲廳。

大概是出現的頻率比較高，我發現很快就有人在背後悄悄留意著我。

我只當什麼都不知道，在把所有遊戲設施都盡情玩了一遍之後，故意表現出一副興味索然的失望樣子，表示玩膩了，想要退掉會員卡。

然而，就在我將會員卡放到服務檯的時候，一個穿著黑夾克的中年男人走過來，笑得一臉油滑，拍著我的肩膀，道：「小兄弟，怎麼那麼快就玩膩了？」

我聳聳肩，道：「是啊，已經每樣都玩過了。」

「那想不想再玩點新鮮的？」黑夾克男人笑著對我眨眨眼睛。

「哦？這裡還有其他遊戲設施嗎？」我看著他。

「不，不是遊戲設施。」

黑夾克男人搖搖頭，湊過來，在我耳邊低聲說了句：「是更加刺激的遊戲，怎麼樣，有沒有興趣玩玩看？」

我皺眉看了看他，問：「那是什麼遊戲？」

看到我上鉤了，黑夾克男人立刻伸手搭住我的肩膀，一邊把我往一個幽暗的角落裡帶，一邊笑咪咪地說：「小兄弟，你跟我來看看就知道了。」

我不知道他想要幹什麼，只能亦步亦趨地跟著他來到遊戲廳後方，一個需要密碼才能進入的房間。這個房間看起來像黑夾克男人的私人場所，裡面有一張辦公桌，一臺電腦，以及一張大沙發，沙發前的茶几上還擺著一杯熱茶。

我一邊環視四周，一邊在心裡思索著，能夠有這樣的辦公室，看樣子這個黑夾克男人應該就是這間遊戲廳的老闆吧？

「來，坐吧，喝點茶。」他熱情地邀請我坐下。

我沒有坐，而是疑惑地看著他，問：「你說的到底是什麼遊戲？」

黑夾克男人笑了笑，神祕兮兮地回答道：「真人體驗遊戲。」

「真人體驗遊戲？」

「對，沒錯，這款遊戲只有我這裡有，別處都找不到。」男人笑得有點狡猾，看著我，問，「小兄弟，時下流行的那個VR遊戲，你應該知道吧？」

「哦，就是那個戴上特定裝置之後，可以體驗虛擬世界的遊戲？」

「對對對，就是那個。」男人點頭說，「但是我手裡的這款遊戲啊，比VR更加真實，更加刺激，保證你玩不膩！」

「哦？有那麼厲害？所以，你說了半天，到底是什麼遊戲啊？」

我已經被徹底釣起了胃口，好奇地看著他。

可是男人沒有立刻回答，而是說了句：「這遊戲的價格可不便宜喔。」

說著，他看看我，伸出一根手指。

我脫口而出：「一百塊？」

男人瞪了一我眼，道：「小兄弟，你真會開玩笑。」

我想了想，又問：「一千？」

男人搖搖頭，說：「一萬。」

「什麼？要一萬？那麼貴？」

我驚愕地張了張嘴，剛想說「那我不玩了」，可是話到嘴邊又噎住了。

正所謂「捨不得孩子套不到狼」，算了，一萬就一萬吧。

我摸了摸口袋裡的皮夾，咬牙道：「沒問題，我帶著信用卡。」

聽到這話，黑夾克男人立刻喜笑顏開，殷勤地遞過來一張單子，說：「小兄弟，來，自己選一款合口味的遊戲吧，包你不會後悔。」

我接過單子，低頭一看，突然愣了一下。

只見單子上寫著一排排選項——戀愛體驗、墜樓體驗、殺人體驗、溺水體驗、火災體驗、地震體驗、荒野求生體驗、虎口脫險體驗……

看著這些聳人聽聞的遊戲名字，我呆了好一會兒，才指了指最後一個選項。

「那……那就這個吧……」

「哦，車禍體驗？ＯＫ，成交！」

黑夾克男人看著我，哈哈一笑，說：「祝你玩得愉快！」

從遊戲廳出來的時候，已經是下午了。

我獨自走在萬頭攢動的大街上，攤開右手手掌看了看。

掌心裡有一條大約四公分長的細縫。

我不知道這是怎麼弄上去的，當時黑夾克男人只是將一只深棕色的小瓶子倒扣在我右手手掌，隨後我便感覺到好像有什麼東西從瓶子裡掉了下來，落在掌心。那些東西會動，在皮膚上「爬」著，彷彿有無數隻細小的螞蟻在啃噬手心，又痛又癢。不過，這種感覺沒有持續多久就消失了。

當瓶子拿開的時候，我就看到自己掌心裡多了一條細縫。

黑夾克男人說：「遊戲啟動需要點時間，你回去等一會兒就能開始玩了。」

我將信將疑地看了看他，隨後便從遊戲廳走了出來。

回到家的時候，九夜正坐在桌邊，慢條斯理地修復著一卷不知道什麼年代的破舊竹簡，竹簡上的墨水文字正在緩緩流動。

他抬起頭來看我，問：「小默，這些時日你每天都出門去幹什麼了？」

「呃……」我一愣，下意識地將右手往背後藏了藏，支支吾吾道，「哦，我、我接了一個出版社的採訪任務，所、所以每天要出去採訪……」

「哦，是嗎？」

九夜淡淡一笑，也沒有再追問，低頭繼續擺弄起手裡的竹簡。

「我、我去書房寫稿子了……」

我一邊心虛地說著，一邊快步走上樓梯。

可是剛剛走過拐角，就聽到白澤語氣嘲諷地說了句：「嘖嘖，那孩子學會對你撒謊了，老傢伙，現在心情如何？」

「閉嘴。」九夜冷冷地吐出兩個字。

我聽了不禁心裡一驚，不過又覺得似乎也是在預料之中。

果然，還是什麼事情都瞞不過去啊！

其實我也不是有意要撒謊，只是我知道，九夜不喜歡我多管閒事，而我也不想他總是為我擔心，所以才會想隱瞞，可惜仍然被識破了。

我尷尬地撓撓頭，快步躲進書房，關上門，剛準備好好「研究」一下那條縫到底是怎麼回事，可是突然間感覺手心奇癢無比。

我連忙攤開右手一看，吃驚地發現掌心裡的那條細縫，居然正在慢慢裂開！

天！怎麼會這樣！

我嚇了一大跳，抬起手掌，近距離地「觀察」，隨後只看到那道裂口，好像是被什麼東西從中間撐開似地，呈現一個紡錘形開口。

開口越裂越大，最後竟然從裡面擠出一顆碩大的圓球！

那是……是一顆眼睛！天啊！

圓滾滾的眼球在我手心裡靈活地左右擺動幾下，隨後用墨綠色的瞳孔，筆直地看向我。我嚇得大叫了一聲，連連倒退，企圖想要遠離那顆眼球，可它似乎是「長」在我掌心裡，根本無法脫離。

我只能驚恐地看著自己的手，看著掌心裡那顆與我互相瞪著的眼球。

我忽然發現，這顆眼球，就跟之前陸遠洋額頭上的一模一樣！

這、這到底是怎麼鬼東西？我緊貼著牆壁，哆嗦著伸出手，剛想去摸一摸，想要驗證一下，這一切究竟是真實的，還是我產生的幻覺？

可孰料，還沒等手指觸碰到這顆眼球，我忽然感覺整個人暈眩了一下，緊接著，眼前不受控制地跳出一幅幅色彩鮮明的畫面。

漸漸地，畫面如同卷軸一般，向四周徐徐展開。

我可以很清晰地看到周圍呈現出一個非常真實的場景。

這是一輛遊覽車，遊覽車裡滿載著一群學生。

那些孩子看起來大概是國中生的年紀，大家坐在車裡愉快地聊天，談論著自己喜歡的偶像、昨晚的球賽，前排幾個女學生還在一起唱歌。

而我……我好像是坐在他們中間？

對，沒錯，此時此刻，我正坐在遊覽車的最後一排。

旁邊有一個穿著紅色洋裝的女生還親暱地勾著我的手臂，用一種充滿期待又忐忑不安的語氣，自言自語般地說著：「吶，小圓啊，妳說學長他到底有沒有喜歡我呢？有時候覺得他明明一直很在意我，比如那天籃球比賽的時候還會特意往我這邊看一眼，我遞過去的飲料和毛巾他也接了，可是……可是他為什麼不會主動來跟我說話呢？啊，好煩啊……」

青春期的小女生愁眉苦臉地訴說著，使勁搖著我的肩膀。

我轉頭看了看窗外，發現這輛遊覽車正飛速行駛在一片連綿起伏的山區。

雖然山勢不高，但路面很陡，以至於車身在連續不停地震動著。

這是一種很奇妙的感覺，我明知道這只是幻覺，不過仍然可以清楚地感受到周圍環境的每一個細節變化，簡直身臨其境。

「小圓啊，妳說我乾脆去告白的話會怎麼樣？」

紅裙子女生一臉認真地看著我，可是還沒等我開口，就聽她深吸了口氣，信誓旦白道：「小圓，我決定了，等這次修學旅行結束，我就去向學長告白！」

話音剛落，突然間「轟」的一聲巨響，車身劇烈搖晃了起來。

前幾排的學生尖聲大叫，好像是車輛撞到了路邊的樹幹。

我嚇了一跳，剛要站起來看看情況，可緊接著又是一聲震響從前方傳來。

連續兩次猛烈撞擊之後，整輛遊覽車徹底失控，再加上車速過快，在崎嶇的山路上左衝右撞地飛馳一段距離之後，突然後側輪胎一滑。

頓時，車身無法控制地向懸崖邊翻滾下去。

一瞬間，天旋地轉，身體被拋離座位，撞到車頂又彈回來，車窗玻璃「砰砰砰」地爆碎，眼前一片狼藉，根本什麼都看不清，只聽到滿車學生淒厲的尖叫與哭喊不斷充斥在耳邊，簡直如同來自地獄的哀號。

待一切都安靜下來，在一片令人窒息的沉寂之中，我慢慢睜開雙眼。

遊覽車已經翻滾到谷底，車頭著了火，正在熊熊燃燒。

原本嘰嘰喳喳、喧鬧不已的學生，現在一個個都七橫八豎地「散落」在車廂各處，甚至還有從窗戶被拋飛出去的人，早已不知道身在何處。

有幾個意識剛剛清醒過來的女生在那裡失聲慟哭。

還有一個手臂被卡在座椅中間的男生在痛苦哀叫。

「小圓……小圓……幫幫我……」

一個氣息微弱的聲音在喚著我。

我顫顫巍巍地轉過頭，看到是那個紅裙子女生在叫我。

只見她躺在一片焦黑的廢墟之中，被鮮血浸透的洋裝紅得有點刺眼，她費力地伸手拉住我衣服，面龐滾落著淚水，斷斷續續道：「小圓……幫幫我……我的腿，好像……好像動不了……」

我慢慢低下頭……哦，不，應該是這個叫「小圓」的女生慢慢低下頭，而我從她的視角看出去，看到了她好朋友的下半身，隨後整個人驀然一顫，從嘴巴裡發出一聲歇斯底里的尖叫。

因為紅裙子女生的雙腿，已經沒有了。

「小靜……小靜，我幫不了妳……對不起……」

「我」淚流滿面地哭了起來，一邊哭，一邊從扭曲變形的座椅中費力地撐起身體，掙扎著想要從破碎的車窗向外爬出去。

可是爬著爬著，突然被人從背後一把拉住了。

「我」回過頭，看到是那個紅裙子女生在死死地拉著「我」不放。

「小圓！小圓！不要拋下我！小圓！」她哭著喊著哀求。

「對不起！小靜，我沒有辦法幫妳！放開我！放我出去！」

「我」搖著頭，失聲痛哭著，奮力掙扎起來，想要掙脫開紅裙子女生的手，拚命往車窗外爬，直到耳邊冷不防地響起一聲喝斥——

「小默！清醒點！」

我驀然一愣，一下子回過神來，如同惡夢初醒般地看了看四周，發現自己居然已經半條腿跨出窗外，而九夜正在背後用力拉著我。

「阿、阿夜，我這是怎麼了……」

我神情恍惚地看著他，仍舊還陷在剛才的車禍場景中無法自拔。

「你啊，好奇心害死貓，究竟幾時才能學乖，才能讓我放心，嗯？」

九夜一邊低聲責備著，一邊將我從窗臺上拉了下來，隨後抓起我的右手，看了看掌心裡那顆碩大的墨綠色眼球，微微皺了一下眉。

「這、這到底是什麼東西？」我喃喃地問。

九夜沒有回答，而是伸出手，用三根手指在那顆眼球上用力一捏。

就像是捏碎一顆雞蛋那樣，圓滾滾的眼球剎那間爆裂開來，化為一灘墨綠色的黏稠液體，順著我的手掌緩緩滴落。

「這隻眼睛到底是怎麼回事？」

我忍不住好奇地再次詢問。

九夜看看我，搖頭道：「這不是眼睛，是蟲。」

「什麼？蟲？」

我一愣，蹲下身，仔細看了看那灘在地板上緩慢流動的液體。

「真的欸！居然是蟲！」

那東西乍看之下像是流動的液體，可是近距離細細一瞧，就會發現其實是成千上萬隻比螞蟻還細小許多倍的墨綠色小蟲子，密密麻麻地聚集在一起移動。

「這種蟲子，叫做思思蟲，喜歡以人類的記憶為食。」九夜道。

「你是說，這種蟲子，喜歡吃人類的記憶？」

我驚訝地眨了眨眼睛。

九夜點點頭，道：「現在是因為有那麼多隻思思蟲聚集在一起，所以才會被你看到，如果只有一、兩隻，以人類的肉眼根本看不到。而思思蟲會在夜晚趁著人類熟睡的時候，悄悄爬到枕邊，通過頭髮的毛孔，鑽進大腦皮層，躲在裡面偷吃人類的記憶，然後在天亮之前溜走。這就是為什麼有人睡到半夜的時候會突然感覺頭皮癢的原因，是因為有思思蟲鑽進去了。」

這傢伙口吻淡淡地敘述著，說得一副若無其事的樣子，我卻聽得頭皮陣陣發麻，忍不住問：「那……被思思蟲吃掉記憶的話，豈不是就失憶了？」

「不會，思思蟲體型極其微小，每次只吃一點點而已。」

九夜彎了彎唇角，微微笑著，又說：「人類是一種與生俱來便擁有記憶的生物，可是絕大部分人類，最多只能記得自己兩三歲時候的事情，更早之前的嬰兒時期，卻什麼都不記得，這是為什麼呢？」

「因為小嬰兒剛剛來到這個世界，什麼都不懂，當然什麼都不會記得啊。」

我理所當然地聳了聳肩膀。

九夜搖搖頭，說：「這是你們人類的錯誤理解，事實是，絕大部分人類在嬰兒時期都被思思蟲吃掉了記憶。因為嬰兒的頭皮比較嫩、比較薄，更容易被思思蟲鑽進去，而嬰兒的記憶又比較少，所以吃著吃著，就被吃光了。這就是為什麼幾乎所有人類都沒有嬰兒時期記憶的原因。」

「什麼?竟然是這樣……」

這番話聽得我目瞪口呆，忍不住伸手摸了摸自己的頭。

九夜笑了笑，又繼續道：「小默，不知道你有沒有過這樣的體驗，就是和朋友一起聊到過去，明明是共同經歷過的，可是別人說起的事情，你卻完全不記得，而你提到的事情，對方也完全想不起來？」

「對對對！有過有過！」我連忙點頭，問，「難道這也是思思蟲搞的鬼？」

「是的，因為你們分別被思思蟲吃掉了不同的記憶，所以才會想不起來，不過……」九夜一邊說，一邊觀察著地板上的蟲群，若有所思道，「不過，這種蟲子，通常是單獨行動，就算偷吃記憶，也僅僅只是一點點而已，並不會對人類造成很大危害，可是像現在這樣成群結隊地大量聚集在一起，並把吃下去的記憶吐出來，這並不常見……」

「什麼？把記憶吐出來？」我愣了一下，突然間意識到了什麼，驚愕道，「莫非，我剛才看到的車禍，是別人腦中的記憶？」

「沒錯，那是別人被思思蟲吃掉的記憶。」九夜點點頭，道，「而這些記憶，又通通過思思蟲被強行植入你腦中，以『重播』的方式呈現出來，讓你感覺這些事情就好像是自己親身經歷一樣。」

「啊，原來如此，難怪會感覺那麼真實……」

我愣愣地想了一會兒之後，不可思議道：「如果說，我剛才體驗到的那場車禍，是那個名叫『小圓』的女生的真實經歷，那麼陸遠洋他……他所體驗到的，莫非就是二十多年……那個殺人凶手的記憶？」

「對，沒錯。」九夜道。

我扶了下額頭，恍然大悟：「難怪他會被逼瘋，那種感覺實在太真實了，我現在只要一閉上眼睛，車禍場景中的每一個細節、身邊每一個人的表情都歷歷在目，包括當事人『小圓』的心情變化，我都能感同身受地體會到，她的恐懼，她的悲傷，她的驚慌無助，全都好像是自己親身經歷的一樣……而陸遠洋他……在目睹了凶手的記憶之後，已經分不清那究竟是幻覺，還是真的是自己殺了人，所以漸漸地，心理出了問題，整個人徹底崩潰了，可是……」

說到這裡，我看了看九夜，不禁疑惑道：「車禍也好，殺人也好，這些吃掉『特殊記憶的思思蟲，又是從哪裡來的呢？竟然還被那個遊戲廳老闆當作『真人體驗遊戲』

用來賺錢……」

九夜沉默了一下，回答說：「這些蟲子，應該是有人養的。」

「誰？」我一愣。

「控蟲師。」

九夜說了三個字，見我仍是不解，於是又道：「控蟲師是一種古老神祕的職業，歷史可以追溯至上千年。但由於這個職業對悟性的要求很高，又十分危險，如今差不多已經失傳，只有極少數幾個家族仍在延續，而且傳男不傳女，傳裡不傳外，幾百年來依靠子承父業，保持著一脈相傳的控蟲師血統。」

「哦？說得那麼高深莫測，那麼這個控蟲師，究竟是幹什麼的呢？」

「顧名思義，操控蟲子。」

「什麼？操控蟲子？」

我莫名其妙地看了看地板上那灘仍在爬行著的墨綠色「液體」。

九夜笑了笑，解釋說：「其實，除了吃記憶的思思蟲之外，這個世界上還生存著各種各樣的蟲子。蟲子屬於靈物，產於大自然，隱於天地間。牠們數量龐大、種類繁多，並且，每種蟲子都有自己的特性。例如，有一種蟲叫做『哨』，『哨』只存在於風中，而風會環繞在人類四周，有時候兩個人之間相隔一段距離聊天，會聽錯對方所說的話，這不是因為聽力不好，而是有些話被『哨』吃掉了。」

「咦，這麼說，『哨』是吃聲音的？」

「對，沒錯。『哨』會吃聲音，尤其喜歡吃人類說話的聲音，有時候也會把吃下去的聲音吐出來。而你們人類，喜歡把『哨』吐出來的聲音稱作『回聲』。」

「什麼！」我驚訝道，「回聲居然是蟲子吐出來的『食物』？」

「沒錯，因為空曠的地方風特別大，所以『哨』也比較多，有時候你們聽到的回聲，有可能是好幾隻『哨』一起吐出來的『食物』。」

「嗚哇，這樣聽起來好噁心，以後我再也不想對著山谷喊話了。」

見到我滿臉驚奇的模樣，九夜忍不住笑了起來。

「不過，這個蟲子的特性聽上去還真是有趣呢！還有其他什麼蟲子嗎？阿夜，再講點給我聽，好不好？」

我興致盎然地拉著九夜，纏著他繼續講蟲子的故事。

九夜笑著搖搖頭，拿我沒辦法，卻沒有繼續說下去，而是轉過身，忽然說了句：「不如你來講吧？你應該知道得比我更清楚，不是嗎？」

我順著九夜的視線疑惑地望過去，看到陽臺上不知何時居然站著個人！哦，不，確切說，我看到的是一個人影。

隔著一層薄薄的落地窗簾，只見那個人一動不動地佇立在那裡。

天！這個人是誰？又是從哪裡冒出來的？

我嚇了一跳，愕然地瞪著窗簾上的黑影。

沉默了幾秒之後，那個黑影開口道：「你是什麼人？為什麼會知道那麼多？」

顯然，他是在問九夜。

九夜微笑著，悠悠回道：「擅自闖進別人的家裡，在你提問之前，是不是應該先要自我介紹一下比較有禮貌呢？控蟲師先生？」

這個人就是控蟲師？

我仔細看了看，覺得這個人的身形和遊戲廳老闆完全不像，於是好奇地問了句：

「是你把思思蟲給那個遊戲廳老闆的嗎？」

黑影沒有回答，而是低聲威脅道：「奉勸你一句，不要多管閒事。」

我皺了皺眉，剛想說什麼，卻突然發現地板上那灘墨綠色的「液體」已經慢慢「流淌」到落地窗邊，鑽進窗簾縫隙，隨後消失不見了。

一陣涼風吹過，撩起了窗簾。

就在窗簾被風吹起的一瞬間，我剛好看到了那個人的臉。

那是張非常年輕的面龐，五官乾淨，眼神銳利，乍看之下就和普通人沒什麼兩樣，直到視線劃過他微微敞開的衣服領口，我突然倒抽了一口冷氣。

眼……眼睛！全都是眼睛！天啊！

只見這個人的脖子以及露出的胸口上，布滿了一隻隻大大小小顏色各異的眼睛！

在這些眼睛中間，我看到一條墨綠色的「水流」，爬到了他的頸側。

我瞠目結舌地瞪著他，不過很快，視線又被落下的窗簾遮擋住了。

當冷風徐徐止歇、窗簾恢復原狀的時候，我再次凝眸望去，可是窗簾後的那個黑影，已經消失不見了。

「他、他身上有好多眼睛……」

我驚愕地說著，回過頭看了看九夜。

九夜仍舊波瀾不驚地微笑著，說：「控蟲師習慣把自己的身體當作養蟲的容器，而蟲子會從他們的身體裡汲取養分，所以控蟲師的壽命通常都很短。」

「呃，活得好好的，為什麼要去做這麼恐怖又危險的職業呢……」

我搖搖頭，非常難以理解。

第二天，我接到白露的電話。

白露告訴我，學校旁邊的那間遊戲廳昨天半夜突然著火了，所幸沒有人員傷亡，但火災原因不明，遊戲廳老闆也離奇失蹤了。

為了斂財害了那麼多人，這個老闆，恐怕也不會有什麼好下場吧。

我長長地嘆息了一聲。

第七章

煙煙

不知道為什麼，自從那場高燒之後，左眼就一直感覺不舒服。

有時候看東西會模糊，有時候會莫名疼痛，還有些時候，這隻左眼可以看見一些奇奇怪怪的事物，例如，此時此刻飄在面前的那縷輕煙。

只見輕煙一會兒變成顆愛心，一會兒變成朵蘑菇雲，一會兒又變成個妖嬈的女人，對我勾勾手指，拋了個媚眼。我沒理它，可是緊接著，「女人」居然開始脫衣服了，嚇得我趕緊轉過頭。

見到我的窘樣，輕煙幻化成的女人無聲地笑了起來。

這縷喜歡惡作劇的輕煙可以變成各種形狀，它已經在這棟屋子裡存在很久了。

只不過，以前我必須戴影晶石眼鏡才能看到，而現在……

「小默，你可以看見煙煙？」

九夜走過來，近距離注視著我。

「嗯，可以看見，但只有左眼才能看到。」

我揉了揉左眼，感覺有點疼痛。

「別動，讓我看看。」

九夜鮮有地露出了擔憂的神情，輕輕捧住我的臉，很仔細地看了看，隨後用手掌覆蓋住我的左眼。掌心的溫度貼著皮膚傳遞過來，溫暖而舒適，也不知道是不是錯覺，好像……左眼的疼痛慢慢化解了。

「感覺好點了嗎？」

「嗯，好多了。」

「要是有什麼地方不舒服，記得立刻跟我說，知道嗎？」

「好啦，你什麼時候變得這麼婆婆媽媽了？哈哈哈！」

我忍不住笑了起來，可是笑著笑著，卻看到九夜正一臉嚴肅地看著我。

「咳……」我止住笑，撓撓頭，也很認真地回看著九夜，握住他的手，安慰道，「阿夜，我真的沒事。之前只不過是一場高燒而已，你不用擔心成這樣。」

九夜看著我，沒有再說話，可是依然掩飾不住眼神裡的擔憂之色。

我有一種隱隱的感覺，與其說是擔憂，不如說他是在害怕。

可是像九夜這樣的人，哦，不，確切說是，像他這樣強大到幾乎無所不能的上古妖獸，還有什麼事情可以讓他害怕？

我知道，就算我問了，九夜也不會回答我。

「阿夜，好久沒有聽你講故事了，今晚給我講個故事好不好？」

沉默了一會兒之後，我故意岔開話題。

「好，你想聽什麼？」九夜微笑著，笑得非常溫柔。

我往四周看了看，發現那縷輕煙已經不見了。

「剛才那團煙，究竟是從哪裡來的？它也是妖怪嗎？」

「哦？你想聽煙煙的故事嗎？」

九夜在壁爐邊坐了下來，交疊起一雙長腿。

「好啊好啊，我想聽！」

我立刻點點頭，饒有興致地坐在他身邊。

九夜看看我，輕輕一笑，翻開那本古老而厚重的筆記本。

故事發生在很久很久以前。

在一條幽暗窄小的無名小巷子裡，有一間不知何時出現的古董店。

古董店老闆是個年輕人，總是喜歡穿著一身黑色立領旗袍，總是帶著一臉善良又無害的優雅笑容，無論見誰都是彬彬有禮，溫潤謙和。

可是誰都不知道，他究竟是什麼人，又是從哪裡來。

坊間有個傳聞，說是這位神祕的古董店老闆，有著一些常人沒有的本事。

也許就是因為聽信了傳言，所以那天，傷心欲絕的書生才會帶著結髮妻子的遺物，跪在古董店裡，跪在了年輕人面前。

「我可以什麼都不要，我只要煙煙回來，求求你，幫幫我……」

書生手裡緊握著一枚髮簪，一邊哭得淚流滿面，一邊低聲哀求。

就在數天前的一場暴雨之中，他剛剛新婚三個月的妻子，煙煙，不小心失足，被暴漲的洪水沖進河裡，等到打撈上來的時候，已經變成了一具冰冷的屍體。

「人死不能復生。抱歉，我幫不了你。」

年輕人端著一盞香茗，淺啜了一口，淡淡地回覆道。

「不！一定有辦法的！我知道你一定有辦法的，對不對？求你幫幫我吧！」

書生痛哭流涕地跪在地上，一遍又一遍地磕頭。

年輕人無奈地看看他，又往旁邊看了一眼。

只見在古董店的一處角落裡，站著個渾身濕淋淋的女人。

女人也在哭，哭著哭著，也一同跪了下來，磕了個頭。

「幫幫我們，求求你，我不想離開阿郎……」

書生並不知道亡妻的魂魄就在身邊，他看不到女人，只顧一味哭求。

「我不能沒有煙煙，我好想煙煙回來，好想她能陪在我身邊……」

這一男一女，一人一鬼，此起彼伏的哭聲擾得年輕人心煩意亂、不得安寧。

沉默了片刻之後，他放下手中茶盞，輕嘆了口氣，緩緩道：「如果你們只是希望可以繼續互相陪伴在一起，那我或許有個法子，可以了卻你們的心願。」

「真、真的嗎？太好了！真是太好了！」

書生激動地抬起頭，剛要表示感謝，卻又被年輕人打斷了。

「但是，凡事有得必有失。想要獲取所得之物，必須要付出相應的代價。」

說著，年輕人看了看那女鬼，道：「我可以將妳的魂魄永遠留在這世間，不過作為代價，從此以後，妳永生永世無法進入輪迴。這也就意味著，妳再也不能轉世投胎，永永遠遠只能是飄蕩在人世間的一縷孤魂。妳，願意嗎？」

話音落下，女鬼愣了愣，轉眸望向書生。看著心愛之人哭得肝腸寸斷的悲傷模樣，她幾乎沒有任何猶豫，點了點頭，道：「我願意。」

「妳確定？」年輕人又問了一遍。

女鬼仍舊點點頭，心甘情願道：「是的，我願意。哪怕只有這短短一輩子，我也願意守在阿郎身邊。只要能夠繼續和他在一起，我就已經滿足了。」

說完，女鬼再次磕頭叩謝。

年輕人看著她，又看了看那書生，沉默了片刻，道：「好，我成全你們。」

從古董店出來的時候，書生手裡多了一面銅鏡。

他將銅鏡小心翼翼地揣在懷裡，欣喜若狂地往家裡飛奔而去。

太好了！煙煙回來了！煙煙又回來了！

「阿郎，阿郎，慢一點，不要跑那麼快。」

懷裡的銅鏡發出一聲驚呼。

「啊，對不起對不起，我太激動了。」

書生趕緊停下來，輕輕撫摸著銅鏡，問：「煙煙，妳沒事吧？」

「嗯，沒事。」銅鏡回答。

回到家裡之後，書生將銅鏡擺在桌上，滿心歡喜地盯著鏡子看了又看。

鏡子裡有個女人。

而這個女人，正是他最心愛的妻子，煙煙。

「傻瓜，不要這樣一直盯著我看嘛，看得我都不好意思了。」

鏡子裡的女人臉紅了紅，轉過身。

「好好好，我不看不看，反正以後天天都能見到妳了。」

書生一邊說著，一邊忍不住很溫柔地撫摸了一下鏡子裡的女人。

只可惜，手掌摸上去的觸感，仍舊只是一面鏡子。

而鏡子裡的女人，也完全感受不到丈夫的撫摸。

不過，這並不妨礙他們之間恩愛如初的甜蜜生活。

書生每天起床的第一件事，就是先用軟布將銅鏡仔仔細細地擦拭乾淨，然後擺放在一個最好的位置，方便兩人時時刻刻見到彼此。

「阿郎，早安。」

鏡子裡的女人望著丈夫嫣然巧笑。

「煙煙，早安。」

書生亦露出滿臉幸福模樣。

一切，彷彿回到了過去。

書生挑燈夜讀，女人相伴左右。

女人閉著眼睛小憩，書生含情脈脈地望著她。

天氣好的時候，書生會帶著銅鏡去郊野散步，去園林裡賞桃花盛開。

而陰雨連綿之時，他便會找一間僻靜的茶館，獨自坐在窗邊，點上一壺碧螺春，然後將銅鏡擺在窗邊，和鏡子裡的女人一起慢慢聽雨聊天。

幸福美滿的日子，就這樣一天天過去。

雖然人鬼殊途，但通過一面銅鏡，夫婦二人仍舊可以相濡以沫，互相陪伴。

一年後，書生金榜題名，考取了進士。

步入仕途之後，書生便帶著銅鏡來到京城，當起了官員。

漸漸地，官場事務繁忙起來，書生待在家裡的時間變得越來越少，經常早出晚歸，有時候深夜回到家裡還喝醉了酒，忙得連看銅鏡一眼的機會都沒有。

銅鏡裡的女人感覺越來越寂寞，終日一個人關在屋子裡，既沒辦法出門，也沒有人跟她說話，什麼事情都做不了。

畢竟，她只是鎖在鏡子裡的一抹幽魂。

曾經郊野散步、園林賞花、小樓聽雨的日子，已經一去不復返。

儘管如此，女人仍舊可以體諒書生的難處，因為她明白，要在官場生存下去並不容易，所以她日復一日地忍耐著，看著丈夫進進出出地忙碌，直到銅鏡上積滿了灰塵，她的視線變得模糊不清，才終於忍不住提了個要求。

「阿郎，幫我擦擦鏡子好嗎？我有點看不清楚。」

「嗯？什麼？擦鏡子？」

書生懶洋洋地瞥了她一眼，推諉道：「哦，等過些天再擦吧。」

「阿郎，現在就幫我擦一擦好嗎？我想好好看看你。」

女人在鏡子裡哀求。

書生有些不耐煩，道：「有什麼好看的，妳又不是沒見過我。」

「阿郎，可是我想——」

「真煩人！妳就不能讓我安靜一下嗎？」

書生惱火地瞪了她一眼，伸手將銅鏡扣在了桌面上。

「阿郎！阿郎！不要把鏡子扣下來，這樣我什麼都看不見了！」

「阿郎，你聽到我說話了嗎？」

「阿郎，阿郎，把鏡子翻過來好嗎？」

眼前變得一片漆黑，女人急得一遍又一遍地懇求。

書生聽得厭煩，長嘆一聲，沒有理會，轉身走出了房間。

這一走，便是兩天兩夜沒有回來。

女人獨自在黑暗中徘徊，備受煎熬地等待著。

直到那天夜半三更時分，書生喝得醉醺醺地踏進家門。

太好了，終於回來了！

銅鏡裡的女人剛要說什麼，卻突然聽到了另一個女人的聲音。

「官人，你瞧你，怎麼就醉成了這樣，叫你不要喝那麼多……哎呀呀，你的手放在哪裡呢？不要亂摸啊……摸了的話，你娶我嗎？」

婀娜嬌媚的聲音在屋子裡來回縈繞著。

是的，沒錯，書生帶了個姑娘回來。

「好啊，妳讓我摸，我就娶妳……」

似乎已經完全忘記了旁邊還有一面銅鏡，忘記了銅鏡裡還有自己結髮的妻子，書生色急攻心地摟著姑娘的腰，又親又抱地滾到床上。

銅鏡裡的女人突然發出一聲憤怒的咆哮。

「阿郎！你在幹什麼！」

這一聲怒吼，把衣服脫到一半的姑娘嚇了一大跳，一下子從床上跳起來，驚恐地環視四周，道：「誰？是誰在那裡說話？」

「這句話應該我問才對！妳又是誰？」銅鏡裡的女人忿忿質問。

姑娘在屋子裡看了半天也沒找到半個人影，只道是撞鬼了，嚇得落荒而逃，任書生在後面喊，也沒有回頭。

差不多到嘴的「美味佳餚」就這樣沒了，書生怒不可遏地拿起銅鏡，突然往地上用力一摔，罵道：「都是妳！敗壞我的興致！妳給我滾！」

只聽「喀啦」一聲脆響，銅鏡裂了開來。

書生驀地一愣，因為他發現，鏡子裡的女人，真的消失了。

「等、等一下，我開玩笑的！煙煙？煙煙？不要走！」

書生一下子清醒過來，趕緊拾起銅鏡。

可是銅鏡裡，已經什麼都沒有了。

當書生再次找到那間古董店的時候，古董店老闆，也就是那個穿著黑色旗袍的年輕人，看了看碎裂的銅鏡，淡淡一笑，意味深長地說了句：「我料到你會再來找我，只是沒想到，會這麼快。」

「老闆，鏡子裂了，煙煙不見了！有沒有辦法讓煙煙回來？求求你，我想讓煙煙回來！我錯了！都是我不好！對不起，我想要煙煙回到我身邊，求求你！」

書生愁眉苦臉地拉住年輕人。

年輕人往旁邊看了看。

只見女人的魂魄站在那裡，低著頭，神情黯然，一言不發。

「妳願意再回到他身邊嗎？」年輕人問。

女人看向追悔莫及的丈夫，想到曾經的那些溫柔歲月，想到兩人之間的甜蜜往事，沉默了許久，終於還是心軟，原諒了書生。

「我願意回去。」女人點了點頭。

年輕人嘆息了一聲，沒說話，可是剛要從書生手裡接過銅鏡，書生突然停頓了一下，抓著碎裂的鏡子沒有放手，猶豫著，悄聲問：「能不能換樣東西？」

年輕人抬眸看他。

書生撓撓頭，嘿嘿一笑，道：「我是說……有沒有什麼辦法，可以讓我在需要煙的時候，她才會出現，不需要的時候，她可以消失？」

話音落下，只看到站在旁邊的女人驀然一愣。

書生又趕緊解釋道：「畢竟，我現在身在官場，雜務繁多，有時候也需要一個人靜一靜，所以……所以……嘿嘿嘿……」

年輕人看了看女人，問：「即便這樣，妳也願意嗎？」

女人咬著牙，沉默了很長一段時間，最終仍然是點了點頭。

「是的，只要能夠在阿郎身邊，我願意。」

說完，女人閉起眼睛，淚水落了下來。

從古董店出來的時候，書生手裡捧著一盞油燈。

回到家裡，書生將油燈放在桌上，點燃之後，隨著火光輕輕躍動，漸漸升騰起一絲絲輕煙，輕煙裊裊飄浮在半空中，慢慢勾勒出一個女人的形狀。

「哇，真是奇妙！」

書生驚奇地看著那個輕煙化成的女人，道：「煙煙，歡迎回來！」

女人飄浮在半空中，非常安靜地看著他，沒有出聲。

因為，輕煙是不會說話的。

書生又仔細看了看這盞油燈，感覺十分滿意。

「煙煙，我知道妳一定能夠理解我的，對嗎？我也是迫不得已，現在每天早出晚歸，忙得都沒有空陪妳，而妳一個人在家裡也很寂寞，所以……與其這樣，不如……不如我不在的時候，妳就好好睡一覺，等我回來就立刻放妳出來，我保證……煙煙，相信我，我仍然是愛著妳的……」

望著飄浮在面前的女人，書生信誓旦旦地說著。

女人沉默地看著他，其實她有很多話想要說，卻發不出聲音來，只能用一種憤怒又悲傷的表情看著自己的丈夫，而書生心虛地迴避了她的視線。

「煙煙，對不起。」

隨著一聲呢喃低語，油燈的火光被熄滅了。

輕煙逐漸散去，飄浮在半空中的女人晃動了幾下，也隨之消失。

從此以後，只有在書生想要見到女人的時候，才會點燃油燈，女人才會出現。

而在他不想見的時候，油燈便被一直棄置在角落裡。

漸漸地，書生點燃油燈的次數，變得越來越少。

女人每一次出來，都不知道自己究竟沉睡了多久。

但是她記得窗邊的那株桃樹，上一次看見的時候是滿樹花紅。

而這一次，桃花早已經全數落盡。

想必，已經過了一個季節。

「阿郎，你是不是已經把我忘記了？」

女人很想這樣問一問書生，可是張開口，說不了話。

半年後，有媒婆來家裡提親。書生萬萬沒料到，看中他的那個姑娘，竟然是宰相的女兒，於是趕緊欣然應允，從此當上乘龍快婿。

大婚前一晚，書生從角落裡翻找出已經不知道多久沒有點亮過的油燈。

隨著一陣輕煙裊裊升起，女人出現在書生面前。

書生沒敢告訴她，自己就要成婚了。

也沒敢告訴她，從明天開始，他就要離開這裡，住進宰相府。

長久的靜默之中，夫婦二人相顧無言。

女人的身形忽然動了動，輕煙化為一支熟悉的髮簪。

這支髮簪，是當年書生贈與她的定情信物。

她視若珍寶，一直到死，都戴在髮髻上。

看到這支髮簪，書生忽然鼻子一酸，落下了淚水。

這是煙煙最後一次見到書生。

書生走了，沒有帶走油燈，只留下這棟屋子，再也沒有回來過。

由於長時間無人看護與修繕，經年累月地風吹日曬之後，終於有一天，破舊的屋子在一場暴雨之中坍塌，化為一堆瓦礫廢墟。

而就在這堆廢墟裡，埋葬著一盞無人知曉的油燈。

許多年過去，油燈裡的女人一直在沉睡。

直到一個冬日的黃昏，一名穿著黑色旗袍的年輕人，踏過滿地黃土與砂礫，從一片廢墟之中，緩緩拾起這盞油燈，輕聲嘆了口氣。

這，就是煙煙的故事。

有一個美好的開始，卻沒有一個美好的結局，傷感又令人唏噓不已。

聽完之後，我沉默了很長時間沒有出聲。

而那縷輕煙也不知道是不是躲起來了，直到九夜講完故事，始終都沒有再出現。

後來，當我再次見到煙煙的時候，我問她，有沒有後悔當初的選擇？

畢竟，為了一個負心漢，永生永世無法進入輪迴，只能淪落成遊蕩在人間的一縷孤魂，實在太不值得。

可是，煙煙幾乎沒有任何猶豫地搖了搖頭。

我看著她，禁不住一聲嘆息。

問世間，情為何物？

第八章

契物・上

這幾天各大娛樂版都被一則新聞洗版了。

顧昔辰又拿了最新一屆的最佳男主角獎。

這已經是他連續第三年奪得這個幾乎所有男演員都夢寐以求的獎項。

頒獎典禮上，顧昔辰穿著一身低調的黑色西裝，繫著銀灰色領帶。

這在現場眾多群星閃耀的盛裝禮服之中，其實只是一身很普通的裝扮，可是當他從座位上站起來的瞬間，所有人都不禁為之屏息。

因為他並不需要任何裝飾襯托，其本身的完美氣質和強大氣場就已經壓過在場所有明星，綻放著無法遮擋的耀眼鋒芒。

所有人都聚焦在他身上，記者手中的相機也不停地閃爍燈光，可是面對眾人的視線和鏡頭，顧昔辰連一個微笑都沒有，依舊如平時一樣，冷著臉，面無表情地走上領獎臺，接過亮閃閃的水晶獎盃。

當主持人請他發表獲獎感言時，他沉默了幾秒，只吐出六個字。

「非常感謝大家。」

所有人都在等著下文，然後……就沒有然後了。

場面一度陷入尷尬寂靜，幸好主持人及時救場。

「嘖嘖，這傢伙還真是……」

吃過晚飯，我坐在沙發裡，一邊看著電視直播，一邊搖頭感慨：「他這要命的性格，到底是怎麼當上演員的？不過，那張臉蛋還真是漂亮……」

孰料，還沒等我感慨完，只聽「啪」一聲，電視冷不防地被關掉了。

「喂，你幹什麼啊？我看到一半！」

我回過頭，瞪著身後那個有著一頭銀色長髮，哦，不對，是「狗毛」的男人。

「別讓我看到那張臉！看到就想宰了他！」

白澤抓著電視遙控器，氣呼呼地哼了一聲。

我好笑地看著他，搖頭嘆道：「大白啊，你和顧昔辰兩個人的性格還真是不相上下，脾氣一個比一個差……」

「別拿我和愚蠢的人類相提並論！尤其是顧昔辰那混帳小子！」

白澤瞪了我一眼，高傲地轉過頭。

「嘖，現在嘴巴說得那麼硬，之前也不知道是誰，為了那個『混帳小子』可以連命都不要地去和夔大戰五天五夜，最後差點……」

「住口！我只是不想那小子死在別人手裡而已，我一定要親手宰了他！」

白澤握著拳頭，惡狠狠地磨了磨牙。

我忍不住笑了出來，剛想回嗆他幾句，可是看到坐在旁邊的阿寶打了個大大的哈欠，睏倦地閉起眼睛，抱著一團黑色毛球，趴在我身上。

「阿寶？阿寶？別在這裡睡，會著涼的。」

我趕緊推了推他，可是小傢伙好像已經睡著了，小臉蛋埋在我懷裡，動也不動。

沒辦法，我只能悄悄把他抱了起來，輕手輕腳地走上樓，放進臥室裡。

就在我關上房門剛準備下樓的時候，忽然發現，沒有開燈的走廊裡飄浮著許多星星點點的螢光顆粒，有點像是夏日河邊的螢火蟲，可是又比螢火蟲的光亮微弱許多，只見那紛紛揚揚的小光點在一片幽暗之中靜悄悄地四散飛舞著，一眼望去璨若星河，簡直奇幻又美妙。

咦，這是什麼東西？

我往前走了幾步，伸出手，可是什麼都沒有抓住。

那些閃閃發亮的螢光顆粒，彷彿是瀰漫在空氣中的虛幻影像。

這東西是從哪裡冒出來的？我疑惑地皺了皺眉，循著點點螢光「飛舞」的軌跡一步步往前走，最終來到書房門口，打開房門一看，驚訝地發現，那些「小螢火蟲」居然是從書桌的抽屜裡飛出來的？

嗯？怎麼回事？

我好奇地打開抽屜，這才終於找到了散發出螢光顆粒的源頭。

原來，是白澤那枚小獸角在不斷漫溢出閃亮的光點。

這枚獸角，是之前顧昔辰還給白澤的，當時白澤叫我扔掉，但我覺得這麼珍貴的東西不能隨便丟棄，便一直保管在書桌抽屜裡。

可是現在，這又是發生了什麼狀況？

這東西為什麼會散發出螢光顆粒？

當我拿著這枚獸角下樓詢問的時候，九夜看了看那些瀰漫在四周的點點螢光，意味深長地笑了笑，說了句：「原來是件契物啊。」

「契物？什麼叫做契物？」我好奇地眨了眨眼睛。

「哦，就是契約之物，用來承載前世記憶的器具。而擁有契物者，定下契約之後，即便轉世，也不會失去前世的記憶。」

一邊解釋著，九夜一邊瞥了白澤一眼，悠悠笑道：「難怪顧昔辰會有前世的記憶，原來你早已經與他定下契約了。」

「不、不要再說了！真是囉嗦！」

白澤惱火地吼了一聲，隨後又轉過頭來瞪著我，罵道：「愚蠢的人類！我叫你把這破玩意兒扔掉，你為什麼沒有扔掉！」

「呃……我……」

我尷尬地撓撓頭，不知道該說什麼好。

這時，九夜哼笑一聲，說：「呵，既然你那麼不想要，那我來毀掉就好了。不過，你應該也知道，一旦契物毀去，契約之人便會失去前世的記憶。」

說著，九夜便將那枚螢光閃閃的獸角握在掌心裡，可是剛要用力捏碎，驀然聽到白澤驚慌失措地大叫起來：「住、住手！住手！」

話音未落，他整個人已經撲了過來，從九夜手裡一把奪過獸角。

這突如其來的舉動把我嚇了一跳。

可是靜默了幾秒鐘之後，我又忍不住「噗嗤」一聲笑了出來。

「笑什麼笑！有什麼好笑的！」

白澤惱羞成怒地咆哮了起來：「老子才不是怕那個混帳東西會失去記憶，老子只是……只是想讓他記住前世的仇恨！免得到時候被宰了也死不瞑目！哼！」

這樣的解釋根本就是此地無銀，我聽了更加笑得停不下來，揶揄道：「沒有人說你是在怕顧昔辰會忘記你啊，你急什麼……」

「我我我……我才沒有急！」

白澤幾乎暴跳如雷，剛要破口大罵，這時，突然聽到九夜一邊喝茶一邊淡淡說了句：「契物的靈火飄散出來了，代表契約者，正在回想前世的記憶。」

白澤忽然愣了愣，一下子不吭聲了。

「咦，你是說，顧昔辰正在回憶前世？」

我驚訝地看了看瀰漫在四周的點點螢光。

白澤冷著臉「哼」了一聲，罵了句：「背信棄義的混帳東西！」

我看著飄舞在半空中的螢光顆粒，又看了看他手裡的那枚獸角，沉吟了片刻，緩緩道：「唔……雖然我瞭解得不多，可是，我總覺得按照顧昔辰的性格，不像是會在背地裡耍陰謀詭計的卑鄙小人……」

「放屁！那杯摻了黃泉水的毒酒，分明就是他給我的！」

白澤一臉怒容地瞪著我，咬牙切齒道：「那天他已經事先設下埋伏，等著我中毒落入圈套，緊接著便有大群獵妖師殺到，將我逼入九死一生的險境……可惡！如果不是他，根本不會有人知道我的行蹤！如果不是那個混帳東西，我也不會被砍斷獸角，險些喪命……如果……如果不是他……」

說著說著，白澤漸漸安靜下來，緊握著手裡的契物，一言不發地轉頭望向窗外，沉默不語的背影看上去似乎充滿了憤怒與悲傷。

此刻，窗外暮色正濃，夜空裡新月如鉤。

而當時的我並不知道，就在這同一片月光下，顧昔辰也正站在窗邊遙望著星空。直到很久很久之後，由於某些機緣巧合，我從一個和白澤長得很像的小犬妖那裡，聽說了有關於顧昔辰的一些事情。

那一晚，頒獎典禮其實還沒有結束，典禮之後還有一場盛大的晚宴，各路明星、導演、製片人，還有實力雄厚的贊助商，全都雲集一堂，可是作為當晚最重要的焦點人物，連續三屆獲得最佳男主角獎的顧昔辰，並沒有參加。

因為臨時接到消息，說東區的街市裡有妖怪出現，所以他沒有任何猶豫、也沒有任何解釋地突然退出晚宴，惹得不明狀況的經紀人幾乎要當場大發雷霆，卻又無可奈何。想必，第二天的娛樂版新聞肯定又要添油加醋地大肆宣揚一番顧大明星如何耍大牌了。不過，顧昔辰從來都不在意這些。

東區的街市裡確實有妖怪，但當他第一個趕到現場的時候，發現那隻妖怪居然已經糊裡糊塗地自己掉進獵妖陣法之中。

「嗚嗚……嗚嗚嗚……」

那個有著一頭銀白色毛髮，頭頂上豎著兩隻小小三角耳朵的男孩，正一邊在陣法中奮力掙扎，一邊驚恐萬狀地看著出現在眼前的獵妖師。

原來是隻初涉人世的小犬妖，走路都不好好看清楚，自己掉進了陷阱。

顧昔辰看著這隻連人形都變不好的小妖怪，皺著眉頭，沉默了好一會兒之後，似是有點無奈地輕嘆了口氣，半蹲下身，一手按在地上。

頓時，只看到地面上亮起一個六芒星的圖騰。

沒隔幾秒，六芒星又漸漸黯淡下去。

獵妖陣法解除，原本被困在裡面的小犬妖發現自己能動了，立刻激動地跳了起來，剛想奪路而逃，可是沒跑幾步，又慢慢停了下來，猶豫著回過頭，疑惑地看了看身後那個站在原地遲遲沒有行動的獵妖師。

「別停留，快走。」

顧昔辰冷冷說了句，頓了頓，又道：「以後走路看清楚。」

小犬妖愣了一下，也不知怎地，居然紅了臉，隨後轉身逃進巷子裡。

沒過一會兒，從後面追上來幾名獵妖師。

「會長，找到那隻妖怪了嗎？」其中一人問道。

「沒有。」顧昔辰搖搖頭，說，「不用找了，今晚收隊吧。」

「咦？為什麼？」

幾名部下茫然不解地看著顧昔辰。

可是顧昔辰沒有任何解釋，長劍一收，頭也不回地走了。

無論是作為大明星還是獵妖師，他的性格始終讓人感覺無法親近。

回到家裡的時候，已經是晚上十點多。

為了避開狗仔隊和一些狂熱粉絲，顧昔辰獨自住在郊外的一棟別墅。他的住處，只有經紀人知道。

這個地方遠離市區、遠離人群，一到晚上便非常安靜。

沖完澡，穿著一身黑色浴袍，倒了杯紅酒。

一個人站在落地窗邊，一邊望著夜空，一邊慢慢喝著酒。

略顯凌亂的黑髮間還沾著濕漉漉的水珠，一顆顆滾落在線條優美的臉龐。

也不知道究竟在想什麼，總覺得心情平靜不下來，紛紛擾擾、思緒糾纏。

他閉上眼睛，深深吸了口氣。可是，當再次睜開雙眸時，忽然看到了一對毛茸茸的耳朵，從露臺的躺椅背後悄悄探出來，還不時地抖動一下。

顧昔辰微微一蹙眉，放下酒杯，打開落地窗，說了句：「別躲了，出來吧。」

隔了好一會兒，才看到從椅背後面慢吞吞地走出來一個滿頭銀髮的小男孩。原來是之前那隻不小心掉進陷阱的小犬妖。

「你是聞著我的氣味找來的吧？」顧昔辰看著他。

小犬妖又臉紅了，害羞地點點頭。

「為什麼要來找我？你難道不知道我是獵妖師嗎？」

顧昔辰皺了皺眉。

小犬妖抬眸望著他，急著搖搖頭，似乎想要表達什麼，可是「嗚嗚嗚」了半天，一個字也沒說出來，最後只能垂著耳朵，沮喪地低下頭。

看樣子是才剛剛來到人世沒幾天，連人話都不會講。

顧昔辰嘆了口氣，蹲下身，摸了一下男孩毛茸茸的腦袋。

「這裡不是你該來的地方，快走吧。」

可是男孩倔強地搖了搖頭，紅著臉，始終不肯走。

「真是隻笨狗，喜歡和人類在一起只會害了你……」

顧昔辰低聲說著，忽然感覺心裡刺痛了一下。

因為……實在太像了……幾乎從第一眼看到開始，這個男孩的模樣，就已經和他記憶中某個人的影子，重疊在一起。

也許，這就是為什麼今晚他會一直心緒不寧的原因吧。紛沓而來的回憶縈繞在心頭揮之不去，如同利刃，一刀刀割開埋藏在心底的傷口。

「我有一個朋友，跟你很像，不過，那傢伙比你更笨……」

也不知道是說給誰聽，微涼的夜風中，顧昔辰喃喃低語著。

原本冷淡的眼神，漸漸變得迷離起來。

從浴袍敞開的領口間，亮起了一抹淡淡的微光。

那是他頸側的契印在閃爍，因為和契物產生了共鳴。漸漸地，四周慢慢飄浮起星星點點的螢光顆粒，彷彿無數隻小小螢火蟲，紛紛揚揚地飛舞在夜色裡。

顧昔辰閉起眼睛，前世的記憶，如潰堤的潮水般湧現在腦海……

「笨狗！不要跟著我！」

「喂，不要看見我就走嘛！喂喂，等等我啊！」

「我說了不要跟著我！你是聽不懂人話嗎？笨狗！」

「不要總是罵我笨狗嘛！我才不是狗，我是白——」

「不管你是什麼！總之，不要再跟著我了！」

清風微拂的林子裡，有兩個約莫十七、八歲的年輕人，一個黑衣，一個白衣。

黑衣少年走在前，白衣少年緊隨其後。

走著走著，黑衣少年驀地駐足，突然一個轉身，神情冰冷地瞪著身後那個有著一頭漂亮的銀白色長髮、頭頂還長著兩隻尖尖犄角和一對三角耳朵的白衣少年，冷聲道：「你跟著我究竟是想幹什麼？」

白衣少年抖動了一下毛茸茸的三角耳朵，紅著臉，笑咪咪道：「我是白澤，你叫什麼名字？我們做個朋友好嗎？」

說著，白衣少年嘴角一咧，露出一對可愛的小犬牙。

黑衣少年仍舊冷冷看著他，低聲說了句：「我沒興趣和妖怪做朋友。」

語畢，便頭也不回地走開了。

「喂喂，不要走啊，告訴我你的名字嘛！」

白衣少年不屈不撓，繼續死纏爛打地追在他身後。

黑衣少年沉默不語，腳下越走越快，企圖甩開那個煩人的傢伙。

嘖，真是沒料到，今天居然會再次撞見這隻妖獸。

昨天剛好也是在這片林子裡，差也不多是這個時辰，他感應到自己布下的結界裡闖進了一隻靈力非常強大的妖怪，於是立刻趕來查看情況，結果看到一個滿頭銀髮的少年，一會兒變成大白狗的模樣，趴在地上嗅來嗅去，一會兒又變回人形，不停地東張西望，也不知道究竟在搞什麼鬼。

他覺得這隻犬妖形跡非常可疑，很好奇對方到底是想要做什麼，於是便一直悄悄尾隨其後，暗中觀察。在跟著銀髮少年在這片偌大的林子裡反反覆覆、來來回回走了好幾圈之後，他終於確定了一件事情。

這隻剛剛來到人世沒多久的妖獸，恐怕……是在林子裡迷路了。

「嘖，真是個笨蛋……」

他滿臉黑線地扶著額頭，低聲喃喃。

孰料，話音未落，就忽然間聽到一聲驚天動地的咆哮。

緊接著，只看到迎面撲過來一隻體型巨大無比的白色妖獸，要比他剛才看到的白狗龐大了數倍不止，簡直如同一座純白的山丘當頭壓下來。

他不禁吃了一驚，原本以為這隻又笨又蠢的妖獸只是個未成年的小犬妖，可是萬萬沒想到，那白狗模樣居然不是他真正的原形！

此時此刻，如果沒有看錯，出現在眼前的這頭威風凜凜的白色巨獸，應該是……那個傳說中一直居住在崑崙、從未踏足人間的上古妖獸——白澤？

竟然、竟然是白澤！

難怪會有那麼強大的靈力！

別說是他，就連他的父親，他的爺爺，乃至各門各派的獵妖師，恐怕誰都不曾見過上古妖獸白澤！是他一時大意了！

可是等到回過神來，卻為時已晚。

只見那隻傳說中的白色巨獸已經猛撲過來，一瞬間就將他掀翻在地。不過，那隻巨大又鋒利的獸爪並沒有真的用力，只是虛握著將他禁錮在掌心裡。

糟糕！他趕緊奮力掙扎起來，可是完全掙脫不開。

「嗷嗷嗷嗷嗷！」

又是一聲響徹天地的咆哮。

白色巨獸緩緩俯下身，用一雙黃綠色的瞳眸居高臨下地看著他，巨大的獸嘴緩緩張開，雪白而尖銳的獠牙近距離湊了過來，將將貼在他的頸側，只要他稍許一動，就會立刻被獠牙刺穿咽喉。

心口怦怦狂跳，額頭上已經沁出了細密的冷汗，可是他卻沒有表現出絲毫害怕的樣子，而是一邊沉著冷靜地與眼前這隻白色巨獸凝眸對視，一邊悄悄將一枚符咒捏在手心裡，剛準備伺機行動，突然看到白色巨獸那黑漆漆的鼻尖動了動，又動了動，就像隻大狗在聞著什麼氣味的樣子，慢慢低下腦袋，越來越靠近，越來越靠近，直到貼住了他的臉頰，隨後竟然……從嘴巴裡伸出一條又大又柔軟的舌頭，在他臉上舔了一大口。

頓時，濕答答的口水順著臉頰淌落下來，就連肩膀的衣服也全都濡濕了。

「你身上的味道真好聞。」

從白色巨獸的嘴巴裡吐出一句人話。

白澤一邊說著，一邊用舌頭親暱地舔了他一下，舔得他滿臉都是口水。

他間愣了愣，呆了片刻之後，再也無法保持鎮定，勃然大怒地吼了一聲。

「你在幹什麼！笨狗！」

「我不是狗，我是白──」

「管你是什麼！把你的舌頭拿開！」

作為名聲赫赫的宇文家族的獵妖師繼承人，這還是他有生以來第一次，在面對妖怪的時候失去一貫的沉著與冷靜。而他也萬萬沒有料到，自從這一次的邂逅開始，這隻白色巨型「大狗」竟然就一直纏著他不放。

第九章

契物・下

「告訴我你的名字好不好？」

「我們交個朋友嘛！」

「喂，你別走啊……」

明媚的陽光下，白衣少年笑得滿臉燦爛，亦步亦趨地跟在黑衣少年身後。

黑衣少年始終不吭聲，低著頭，腳步走得飛快。

眼看兩人之間的距離越拉越遠，白衣少年突然「嗷嗚」一聲從背後撲了過去。

黑衣少年驀地一驚，一個轉身，剛要甩出一枚符咒，卻看到迎面撲過來一隻毛茸茸的大白狗，低著腦袋一頭鑽進他懷裡，撒嬌似地蹭了蹭。

「不要走嘛，和我做個朋友好不好？」

看著懷裡猛搖尾巴的大白狗，他微微一愣，漆黑的眼眸裡劃過一絲複雜的情緒，沉默了片刻之後，把手心裡的符咒悄悄收了起來，隨後一巴掌拍在那狗腦袋上，將白澤用力推開。

「別碰我，笨狗！」

「我不是狗，我是白澤！」

「啵」的一聲，大白狗變回了少年模樣，抖了一下毛茸茸的耳朵。

黑衣少年冷冷看了他一眼，沒搭理，剛要轉身往前走去，孰料，就在此時，林子裡突然颳起一陣狂風，伴隨著呼嘯的風聲，只聽到一個嘶啞的聲音由遠及近地傳遞過來，那個聲音一遍又一遍地說著——

「把翅膀還給我！」

「把翅膀還給我！」

黑衣少年停下腳步，警覺地看了看四周。

這個聲音他認得，是前些日子闖進民宅咬死了一名農夫的惡獸窮奇！

窮奇這種力大無窮的凶猛妖獸，曾在《山海經．西山經》中有云：「邽山，其上有獸焉，其狀如牛，蝟毛，名曰窮奇，音如獋狗，是食人。」

沒錯，窮奇是吃人的。

那天，當他接獲求救訊息，趕到那棟民宅的時候，剛好看到這頭形狀如牛、渾身長滿尖刺、背後還長有一對翅膀的妖獸正在啃食那名農夫的屍體。

在經過一番惡戰之後，最終窮奇被他砍下一隻翅膀，落敗而逃。

萬萬沒想到，時隔數日，這隻窮奇居然又回來找他復仇了。

黑衣少年一手按在腰間的短劍上，慢慢放低身體重心，神情冷峻地佇立在原地，緊緊盯住狂風吹來的方向。

須臾，大地開始震動，樹木搖擺著嘩嘩作響，在一片驟然掀起的飛沙走石之中，只看到一頭渾身長滿尖刺的赤紅色妖獸狂奔而來。

黑衣少年往前踏出一步，剛準備拔劍迎戰，但短劍尚未出鞘，就聽到背後響起一聲震耳欲聾的咆哮，緊接著，頭頂越過一片巨大的陰影。

只看到一頭渾身雪白的龐然巨獸擋在黑衣少年身前，彷彿是在示威一般，衝著撲過來的窮奇一聲怒吼。

「喂！你——」

黑衣少年一愣，還沒來得及說什麼，白色巨獸便一躍而起，瞬間將窮奇撲倒在地，而窮奇也不甘示弱，立刻一個翻身跳起來，反撲了回去。

兩頭巨大的妖獸在林間互相撕咬纏鬥，所過之處樹木紛紛倒下，驚起一群群飛鳥撲騰著翅膀四散逃竄。

白澤與窮奇打得難解難分，頃刻躍出了樹林。黑衣少年拔出短劍，一路追著飛奔過去，卻看到兩隻體型巨大的妖獸一同從山崖邊翻滾下去。

「轟隆！轟隆！轟隆！」

隨著一聲聲震響，山岩被撞擊得分崩離析，巨大的石塊紛紛墜落。崩塌的山岩將兩隻妖獸掩埋在谷底。

「白澤！」

黑衣少年吃了一驚，趕緊撲到山崖邊，往底下一看。瀰漫一片的塵土飛揚之中，只看到渾身鮮血淋漓的窮奇從山石堆裡費力地爬了出來，看樣子似乎是斷了一條腿，一瘸一拐地沿著谷底的河流逃走了。

又隔了好一會兒，山石堆裡始終沒有動靜。

黑衣少年有點急了，探著身子往下面大吼了幾聲。

「白澤！白澤！喂，你沒事吧？」

可是靜悄悄的谷底仍不見回應。

黑衣少年焦急地往四周看了看，剛準備抓著藤條爬下懸崖，突然聽到嘩啦一聲，亂石堆中冒出一個滿頭銀髮的腦袋，腦袋上還豎著兩隻毛茸茸的耳朵，簌簌抖動了幾下，緊接著又是嘩啦啦一聲響，從亂石堆裡蹦出個滿身髒兮兮的少年，稚嫩的面龐上還帶著斑駁血痕。

只見他甩了甩頭，抖落灰塵，隨後抬起臉，望向山崖頂上的黑衣少年，燦爛地露齒一笑，道：「你終於叫對我名字了！」

看到對方平安無事，黑衣少年也不知道為什麼，突然鬆了口氣，沉默了好一會兒，低聲罵了句：「笨狗！」

罵完之後轉頭就走，背後遠遠地傳來一聲大喊。

「喂！不要走啊！等等我啊！」

黑衣少年沒有吭聲，但腳下卻不自覺地放慢了步子。

沒等片刻，後面就追上來一隻髒兮兮的大白狗，剛要撲上來，他猛一個轉身，瞪了一眼，冷聲道：「滾遠點！別用你的髒爪子碰我！」

大白狗嗚咽了一聲，可憐兮兮地往後退了一步，垂下耳朵。

看著對方沮喪的樣子，黑衣少年嘆了口氣，停頓一會兒，說了句：「跟我來。」

聽到這句話，大白狗又立刻興奮地豎起耳朵，蹦跳著撲了過去。

黑衣少年將他帶到一條清澈的溪流邊，用溪水替他清理了傷口和毛皮。

洗乾淨之後，白澤在陽光下抖了抖渾身雪白的毛皮，變回少年模樣，坐在溪邊的岩石上，晃著腳丫子，一邊不安分地踢打著淙淙流淌的溪水，一邊笑咪咪地抬起臉，露出了一對小虎牙，問：「我們現在已經是朋友了，對嗎？」

黑衣少年瞥了他一眼，沒有回答。

白衣少年又將毛茸茸的腦袋往他懷裡蹭了蹭，道：「放心，我會保護你的！」

黑衣少年仍是沒有說話，面無表情地低著頭。

不過眼睛裡的神色，似乎已經沒有之前那麼冷漠了。

雖然一直沒有答應做朋友，可是在接下來的一段日子裡，這一人一妖，兩個少年卻朝夕相處地黏在一起。

他們在山谷裡看螢火蟲漫天飛舞，在河邊比賽捉泥鰍，在遼闊的草原追逐打鬧，甚至有一次還在樹林裡聯手合作、攔截了一群想要攻擊人類村莊的郊狼。

晴空萬里的時候，白澤喜歡曬太陽，曬著曬著就會將毛茸茸的腦袋蹭在黑衣少年的懷裡，又或者悄悄變成大白狗的模樣，冷不防地從背後突襲，將少年撲倒在地之後一通狂舔，故意舔得對方滿臉口水。

「滾開！笨狗！」

黑衣少年惱火地瞪著他，卻又拿他沒辦法。

當玩到疲憊之時，白澤會變回龐大的原形，溫柔地將少年擁在自己暖融融的懷裡，讓他安靜地枕著自己背毛濃密又柔軟的身體，吹著徐徐的微風，舒舒服服地睡上一覺。

也不知道為什麼，幾乎是從第一眼看到開始，白澤就非常非常喜歡這個模樣俊美的人類少年，覺得只要和他在一起，整個世界就充滿了陽光，變得快樂又美好。同時，他也對少年生活的人類世界充滿了強烈的好奇心，什麼地方都想去，什麼東西都想嘗試。

於是，黑衣少年給了他一頂帽子，遮住那一對毛茸茸的三角耳朵，隨後帶著他一起去人類的街市裡喝茶，去廟會看花燈、撈金魚，去飯館裡吃各種人間美味，還耐心地教會他如何使用筷子。

而少年也萬萬沒有料到，白澤居然會那麼喜歡喝酒，並且千杯不醉。

不過，每一次喝酒，黑衣少年都是坐在旁邊默默陪著他，自己卻滴酒不沾。

因為作為獵妖師，必須時刻保持警覺，醉酒是大忌，他向來非常自律。

「哇！這酒真好喝！你也喝一點嘛！」

那天黃昏，在一片斜陽夕照的林子裡，白澤將一壺酒遞給黑衣少年。

「我說了不喝。」黑衣少年搖搖頭。

「這壺酒是你帶來的，你不喝？」白澤看著他。

可黑衣少年仍舊搖頭，說：「這壺陳年佳釀，是我大哥儲藏在酒窖多年的珍貴物品，他自己一直捨不得喝。前些天剛好是我十八歲生日，大哥送了我這壺酒作為成人禮。不過我知道你喜歡喝酒，所以特意帶來送給你。」

「咦，特意送給我？」白澤笑得一臉得意，靠在少年肩膀上，道，「那可不可以當作是你送給我的……呃，你們人類叫什麼來著，定情信物？」

「滾！不會說人話就不要亂說！」

少年沒好氣地白了他一眼，隨後摸了摸掛在自己脖子上、一枚非常可愛的小小獸角，沉默了一會兒，說：「這壺酒，就當作是你送我這件契物的回禮吧。」

白澤哈哈大笑了起來，道：「這件契物，是我們此生回憶的見證。聽說人類一輩子的壽命非常短暫，我怕來世你會忘了我，所以與你定下契約，等到下輩子，我會再來找你，我們可以繼續一起結伴走天涯！」

語畢，他非常豪邁地仰起頭，將壺中美酒一飲而盡。

霞光四射的夕陽下，黑衣少年沒有說話，只是沉默地轉過頭望著白澤，俊美的面龐上，神情漸漸變得柔和起來，幾乎連他自己都沒有察覺地，唇角輕輕一揚，溢出了一絲淡淡的溫暖笑容。

雖然不善言辭，也不怎麼喜歡顯露情感，但內心仍然無法否認，每次和白澤在一起的時候，總能讓他感覺心情格外舒暢。

「嗯，若有來世，我一定不會忘記你。」

黑衣少年握著那枚獸角，喃喃低語著。

這時，忽然從遠處飛來一隻紙鶴，落在他面前。

「咦，這是什麼？」白澤好奇地看了看。

黑衣少年驀地一愣，立刻拾起紙鶴，展開一看。

只見紙上寫著一行字：**急需增援，速來悅風客棧。**

他一眼就認了出來，這是父親的筆跡。

糟糕，一定是出事了！

急需增援？難不成是遇上了什麼連父親都無法解決的妖物？

黑衣少年心下一沉，眉頭緊鎖，將紙鶴捏在手裡，轉頭對白澤匆匆說了句「我有急事先走」，隨後便飛奔而去。

「喂！等一下！你去哪裡啊？」

白澤在後面大喊了一聲，可是黑衣少年的身影已經跑遠了。

作為聲名顯赫的宇文家族獵妖師第十一代掌門人，父親宇文德銘的獵妖能力在整個家族，乃至當今各門各派所有獵妖師中都是屈指可數，可是如今卻發來了這樣一紙求助信函，這是前所未有的事情。

到底……是遇到了什麼棘手事件？

黑衣少年越想越急，越跑越快，一路飛奔至悅風客棧，可是當一腳踏進大門之後，卻發現整個客棧裡居然空無一人。

怎麼回事？人呢？

黑衣少年疑惑地看了看四周，忽然聽到背後響起一個耳熟的聲音。

「修，你來了啊，我一直在等你。」

回頭一看，原來是大哥宇文康，正從客棧後門慢慢走進來。

「大哥，我剛才接到父親急報，說是……」

黑衣少年急著往前踏出一步，可是話才說到一半，就被宇文康打斷了。

「修，我們兄弟倆已經好久沒有聊過天，來，陪大哥坐坐。」

說著，宇文康拉住黑衣少年剛想要坐下，可是黑衣少年搖了搖頭，道：「大哥，父親發來信函說急需增援，想必是遇到了棘手之事，我……」

「修，要不要喝杯酒？剛好我帶了壺陳年佳釀。」

宇文康再次打斷了弟弟的話，拿出一壺酒，放在桌上。

看到那壺酒，黑衣少年愣了一下，也不知道為什麼，心底似乎隱隱地浮起一絲不安的感覺。他皺著眉頭，不解地看了看自己的大哥。

宇文康面目和善地微笑著，說：「修，怎麼了？發什麼呆？」

黑衣少年沉默了一會兒，問了句：「大哥，父親在哪裡？」

「怎麼，你找父親有急事？」

「父親剛剛發來一封求助信函。」

「求助信函？」宇文康不禁啞然失笑，道，「一定是你看錯了吧，父親怎麼可能會向你求助？」

「我沒有看錯，真的是……」

「好了好了，別說那麼多了，來，我們喝一杯吧。」

宇文康一邊笑著拉住弟弟，一邊倒了杯酒。

黑衣少年皺了皺眉，看著那杯酒。

也不知出於何種原因，心中不安的感覺越來越強烈了。

佇立在原地沉默了片刻之後，他便轉身要走。

宇文康突然一聲喝斥：「站住！你去哪裡？」

黑衣少年回了句：「我朋友還在等我。」

「朋友？什麼朋友？」宇文康從座位上慢慢站了起來，道，「就是那隻珍奇又罕見的上古妖獸，白澤嗎？」

少年驀地一愣，猛一個轉身，吃驚地瞪著自己的大哥。

「你、你怎麼會知道？」

「呵，你自己都沒有發現嗎？這段日子以來，你身上纏著一股很重的妖氣，別說是父親，就連我都察覺到了。」

話音落下，黑衣少年一下子呆住了，看了看捏在手心裡的求助信函，又看了看桌上那壺酒，突然間意識到了什麼，不禁憤怒地質問道：「大哥，你是不是和父親聯手起來騙我？根本就沒有什麼危急的事情發生對不對？這根本就是一齣調虎離山之計對不對？父親是不是去找白澤了？回答我！」

一連串的質問落下，宇文康只是笑了笑，沒有回答。

不回答，就是默認了。

黑衣少年忿忿地咬著牙，心中一陣懊悔，剛要轉身衝出客棧，剎那間，四周突然颳起一陣旋風，地面上亮起了一枚巨大的六芒星圖騰，緊接著「砰砰砰」數道震響，客棧所有的門窗全都自動關上了。

望著眼前被陣法緊緊鎖住的客棧大門，黑衣少年轉身怒視著大哥。

宇文康看看他，問：「你要去哪裡？」

「我要去找白澤！」

「恐怕已經太遲了。」

宇文康笑了笑，說：「白澤喝下了你給他的那壺酒，酒裡摻了黃泉水，現在恐怕已經毒性發作，正是靈力最弱的時候，而父親應該也已經帶著各門各派的獵妖師一起趕到那片林子，打算聯手獵殺白澤。」

「你、你說什麼？酒裡摻了黃泉水？」黑衣少年吃了一驚。

宇文康聳聳肩，道：「對啊，我特意送了你一壺好酒，就知道你必定會拿去送給白澤，因為白澤這種妖獸，生性嗜酒。」

話音落下，黑衣少年已經完全愣住了，心底裡的怒火熊熊燃燒起來，剛要往前踏出一步，卻忽然感覺整個人一陣頭暈目眩。

只見腳底下，亮起了一圈紅色印記。

黑衣少年一愣，看著那圈紅印，驚愕地喃喃道：「迷魂陣……」

「對，沒錯，這是父親設下的迷魂陣，量你也逃脫不了。」

宇文康微笑著，慢條斯理地說完，只看到弟弟身子晃了晃，倒了下來。

也不知道究竟隔了多久，當再次清醒過來的時候，宇文康已經離開了。

黑衣少年扶了下額頭，從地上搖搖晃晃地爬起來，踉蹌著跑出了客棧大門。

心急如焚地一路狂奔至那片林子，可是林子裡已經什麼人都沒有了。

只留下滿地飛濺的血痕，以及……一對被砍斷的獸角……

黑衣少年跪在地上，微微顫抖著手，撿起一隻鮮血淋漓的獸角。

白澤……想到那個總是喜歡黏著他的銀髮少年，想到那張總是笑得一臉陽光燦爛的面龐，心口便疼得有如撕裂一般。

他緊握著獸角，站起身，沿著地上的血跡，跌跌撞撞地往前奔跑過去。

林子前方有一條湍急的河流，河流的盡頭，是一處怪石嶙峋的山崖。

就在山崖邊，黑衣少年看到一隻大白狗模樣的妖獸倒在一片血泊之中，滿身雪白的毛皮血跡斑斑，頭頂一對獸角已經被砍去，正在汩汩地湧出鮮血。

「白澤！」

少年大喊了一聲，剛要衝過去，卻未料聽到喊聲的白澤忽然掙扎著從地上站了起來，轉頭對著黑衣少年一聲咆哮。

黑衣少年一愣，駐足在原地，看到白澤已經怒紅雙眼，憤憤地瞪著他。

「你在酒裡摻了黃泉水，對不對？」

「我、我沒有……」

「你分明就是個獵妖師！對不對！」

「我……」

「你和那些人聯合起來設下圈套陷害於我！是嗎！」

「不、不是……我……」

「你從一開始就打算要殺我！是不是！」

「不是的……我……」

面對著一聲聲質問，黑衣少年愣愣地搖了搖頭，還沒來得及解釋，就聽到白澤又是一聲怒吼，抬起利爪猛地一揮。

少年沒有躲閃，被狠狠打飛了出去，撞在山岩上。

肩膀上留下了五道皮開肉綻的赤紅血痕。

白澤又撲過去，暴怒地將少年按在地上。

「你這個背信棄義的混蛋！叛徒！」

白色妖獸低著頭，嘶聲怒吼著。

頭頂上的血水不斷地流淌下來，一顆顆滴落在少年的臉龐上。

黑衣少年愣愣地看著他，張了張嘴，可是什麼解釋的話都沒有說出口。

因為他覺得，事到如今無論真相如何，整件事終究是因他而起。

如果從一開始他就沒有和白澤在一起，大哥和父親也不會發現白澤的存在。

如果不是他親手將那壺摻了黃泉水的酒送給白澤，白澤也不會中毒，更不會被砍斷獸角，被追殺淪落至此……

一直以來，他刻意隱瞞著自己獵妖師的身分，也是不爭的事實……

所以，將白澤害到如今這個地步，都是因為他……

想至此，黑衣少年痛苦地閉上眼睛，喃喃說了句：「對不起……」

「說對不起有用嗎？你這個混蛋！」

白澤憤怒地咆哮，齜開獠牙，很想要一口咬斷對方的脖子，可是當銳利的齒尖在少年的皮膚上劃出一道血痕之際，卻突然頓住了。

掙扎猶豫許久，遲遲沒有咬下去。

黑衣少年緩緩睜開眼睛，看到白澤已經收起了獠牙，往後退了一步，惡狠狠地瞪著他，說了句：「這個仇，我一定會報的！」

語畢，便頭也不回地沿著山崖一側逃走了。

黑衣少年按著血流不止的肩膀，吃力地從地上爬起來，看了看白澤逃走的方向，又轉頭看了看另一側，他已經聽到有大隊人馬追殺過來的聲音。

「修！你看到白澤了嗎？」

不一會兒，父親宇文德銘率先衝了過來。

「看！地上有血跡，白澤肯定就在前面！」旁邊一人急著道。

「對，沒錯，白澤已經沒了獸角，又受了重傷，肯定跑不遠！」

「現在追過去還得及！」

「我們快追！」

「快追！」

各門各派的獵妖師群情激動地圍了上來，紛紛摩拳擦掌、志在必得。

這次雖說是聯盟狩獵，可畢竟白澤是珍奇罕見的上古妖獸，要是最後被誰獵殺，那麼這個人，乃至整個家族和門派，今後勢必會贏得很高的聲望。

所以大家情緒都很激動，躍躍欲試，剛要沿著地上的血跡往前追去，孰料，只看到黑衣少年突然拔出了短劍，往山岩中用力一插。

頓時，以劍尖為中心，四周亮起了一個巨大的赤紅色六芒星陣法。

緊接著「轟」的一聲巨響。

一片熊熊火光燃燒起來，將所有人全都圍困在了陣法之中。

「修！你在幹什麼！」

宇文德銘踏前一步，瞪著自己的小兒子。

黑衣少年神色堅定地掃視了一圈四周，看著眼前的這些獵妖師們，頓挫有力地沉聲道：「想要追過去，先過我這關。」

話音落下，所有人全都愣住了，愣然地看著他，又轉頭看了看宇文德銘。

「逆子！你知道自己在做什麼嗎！」

在所有人的注視之下，宇文德銘顏面盡失，氣得發抖地瞪著黑衣少年。

「是的，我知道自己在做什麼。」黑衣少年抬起頭，看著父親，堅定有力地說道，「白澤是我朋友，我不允許有人傷害我朋友。」

「混帳！你在胡說八道些什麼！」宇文德銘厲聲斥責。

四周的獵妖師們紛紛竊竊私語起來。

「他說什麼？白澤是他朋友？」

「他居然說妖獸是朋友？」

「宇文家族的人到底在搞什麼鬼？」

「就是啊，虧他們還是獵妖師世家，居然和妖怪勾結？」

聽著背後這些議論，宇文德銘再也忍不住，勃然大怒地拔劍而出，道：「恕老夫管教不嚴，出了如此大逆不道的孽障！」

語畢，他便向自己的親生兒子揮起利劍。

而黑衣少年也毫不避諱，對著父親拔劍相向。

幾番回合下來，少年終究是敵不過自己的父親，可是他始終沒有退讓，一再地倒下，一再地站起來，眼神堅定如初。

而宇文德銘也始終沒有用出致命一擊。

畢竟，那是自己的親生骨肉，就算再如何不孝，也終究下不了狠手。

直到被困在陣法之中的獵妖師們憤怒地叫囂了起來。

「白澤肯定逃遠了！」

「是啊，那麼罕見的妖獸，竟然被逃脫了！」

「浪費了如此大好機會，宇文家族必須要承擔起責任！」

「沒錯！這件事絕不能輕易甘休！」

「沒想到大名鼎鼎的宇文家族竟然與妖獸狼狽為奸！這件事簡直是獵妖師聯盟的奇恥大辱！宇文家族從今往後世世代代，不得再有人從事獵妖師一職！」

突然有人大聲吼出了這樣一番話。

宇文德銘用力握著拳，卻又說不出反駁的話來。

這時，黑衣少年搖搖晃晃地往後退了幾步，突然面對眾人跪了下來，吐出一口血之後，喘息著斷斷續續道：「這件事……和我父親……和宇文家族的任何人都沒有關係……一人做事一人當……是我放走了白澤……我願意……」

少年停頓了一下，說了四個字：「以死謝罪。」

說著，他向宇文德銘重重磕了個頭。

「對不起，孩兒不孝……」

語畢，黑衣少年抬起手，一劍刺入了自己的胸膛。

赤紅的血水噴湧而出，順著衣襟滴滴答答地淌落在地。

少年滿身是血地倒在地上，費力地喘息著，漸漸模糊的視線望著白澤逃走的方向，低聲喃喃道：「若有來世……不要再見了……」

可惜，天意難違。

沒想到轉世之後，仍舊遇到了白澤。

顧昔辰輕聲嘆了口氣，看了看那個蜷著一團毛茸茸的身體、蹭在他腳邊已經睡著的小犬妖，無奈地搖搖頭，說了句：「回到你自己的世界去吧。」

說完，他便轉過身，走進了屋子。

小犬妖醒了過來，打著哈欠揉了揉眼睛，不解地看著顧昔辰的背影。

一片幽深的夜色中，瀰漫在四周的點點螢光漸漸黯淡了下去。

第十章

山神

自從認識了九夜，遇見了阿寶、影妖和白澤，讓我瞭解到這個世界上除了人之外，還有妖。可是後來發生了一件事情，又讓我知道，除了人和妖之外，原來這個世界上，還真的有神的存在。

九夜說，人、妖、神，三者雖然共存於同一個世界，但彼此互不干擾，各自為界。人類有人類自己的生活，妖怪有屬於妖怪的圈子，而神也有神的世界。

這件事，還要從一顆蛋說起。

是的，沒錯，蛋。

不是雞蛋不是鴨蛋，也不知道是什麼動物的蛋，很大一顆，大約有籃球那麼大，在一片石子路上骨碌碌地翻滾著，一路跟在我後面。

我手裡抱著一袋子東西，剛好從超市回來，走著走著就聽到身後有奇怪的聲音。

回頭乍一看，還以為是塊橢圓形的大石頭，可再仔細一瞧，發覺好像是顆蛋。

蛋？為什麼路中間會有顆蛋？而且我從來都沒有見過那麼大顆的蛋。

難道是鴕鳥蛋？還是恐龍蛋？

可是我知道，這裡既沒有鴕鳥，更不會有恐龍。

那這顆蛋到底是從哪裡來的？以及，它為什麼要跟著我？

我疑惑地盯著那顆蛋看了一會兒，決定不去理會，轉過身，抱著紙袋繼續往前走。

然而，我剛邁開步伐，還沒走幾步路，那顆神祕的蛋居然又骨碌碌地翻滾起來，寸步不離地跟在我身後。我停它也停，我走它也走，我轉彎它也轉彎，我過馬路它也過馬路，就這樣，居然一路跟到了家門口。

「阿夜，有顆奇怪的蛋一直跟著我。」

踏進屋子，我把手裡的東西放下，拉著九夜走到門口，剛想讓他看看那顆蛋究竟是怎麼回事，孰料，阿寶一聽有新奇的玩意兒，立刻從屋子裡興奮地跑了出來，一下子把那顆蛋舉在小手裡，咯咯嬉笑著大叫：「蛋蛋！蛋蛋！」

「阿寶，別鬧，快把那顆蛋放下來！也不知道裡面究竟是什麼東西！」

然而，就在我話音未落之際，只看到阿寶突然手一滑。

那顆蛋摔在了地上。

緊接著，聽到「嘎啦啦」幾聲脆響。

蛋殼的表面裂開了數道縫隙。

完了！蛋殼摔碎了！

我一下子傻了眼。

嘎啦，嘎啦，嘎啦啦……

只見蛋殼上的縫隙越來越大，露出了一指寬的裂口。

我禁不住好奇地探頭過去，往裡面看了看。

九夜在背後說了句：「小默，別去看。」

可惜說得太遲，話音甫落，就突然聽到「喀嚓」一聲脆響。

蛋殼一下子碎成了兩瓣，從裡面猛地蹦出一個光溜溜的小人！

什、什麼東西！我大吃一驚。

「麻麻！麻麻！」

蛋殼裡的小人一看到我就立刻撲了上來，緊緊抱著我的腿。

我嚇得往後倒退一步，再仔細一瞧，發現這小人長得有點奇怪，光禿禿的腦袋上頂著一簇七彩斑斕的羽毛，緊緊抱著我的那雙……呃，不是手臂，是翅膀！

而它的雙腳，居然也是一對細長的鳥爪子！

怎、怎麼回事？鳥鳥鳥……鳥人？

我目瞪口呆地看著這個長翅膀的小人，小人也抬起頭來望著我。

「麻麻！麻麻！麻麻！」它不停地叫著。

「不、不是……我不是你麻麻！不要抱著我！」

我趕緊搖搖頭，求助地看向九夜。

九夜聳了聳肩膀，笑道：「你呀，好奇心太重，剛才叫你別去看，烏羽總是喜歡把出生後第一眼看到的人或動物當成自己的母親。」

「那那那……那現在怎麼辦？」我簡直啼笑皆非。

九夜淡淡道：「別管它，我們回屋子裡去吧。」

「啊？可是……」

我愣了一下，還沒來得及說什麼，就被九夜拉回屋子。

砰的一聲，大門關上，只留下那個小鳥人獨自站在門外，可憐兮兮地望著窗戶裡面，不停地叫喚：「麻麻，麻麻，麻麻……」

阿寶趴在窗臺上，隔著玻璃對它招招手，笑嘻嘻地喊：「蛋蛋！蛋蛋！」

影妖也在那裡跳來跳去，異常興奮。

我滿臉黑線地扶了下額頭，問：「阿夜，你說那個小鳥人，是叫烏羽？」

「對，沒錯，烏羽是山神的神使，負責守護山林。」

九夜喝了口茶，幽幽解釋道。

這時，正趴在壁爐旁邊閉目養神的白澤打了個哈欠，懶洋洋地往窗外看了一眼，說：「不過，這個烏羽，有個非常不討人喜歡的習性，就是它們每年會生很多孩子，但自己從來不養育，總是把蛋隨便亂丟，讓蛋自己去找臨時母親。」

「呃，臨時母親……」

我滿臉黑線、無言以對，又轉頭看了看窗外，忽然發現，不知何時外面居然下起了雨，那個剛出生的小鳥人已經被淋濕了頭頂上的七彩羽毛，滿臉掛著水珠，打了個大大的噴嚏。

「哈啾！麻麻……麻麻……」

它貼在窗戶上可憐巴巴地看著我。

「阿夜，外面下雨了，不如先讓它進來吧？」

我撓了撓頭，感覺有點於心不忍。

九夜看著我，揶揄道：「怎麼，母愛氾濫了？」

「才不是！」我立刻大聲否認，道，「只是看起來覺得有點可憐。」

「算了，隨便你吧，不過，放進來之後我什麼都不會管。」

九夜輕嘆了口氣，無奈地搖搖頭。

於是，我打開大門，讓那隻渾身濕淋淋的小鳥人進了屋子。

「麻麻！」小鳥人歡欣雀躍地一把抱住我。

阿寶從後面興沖沖地跑過來，盯著小鳥人頭頂上的七彩羽毛，好奇地看了一會兒，隨後偷偷伸出小手，突然拔了一根下來。

小鳥人吱地大叫了一聲，立刻跳起來，撲騰著毛都沒有長齊的翅膀，轉身要去搶回羽毛。阿寶舉著手裡的戰利品，嘻嘻哈哈大笑著逃走了。

小鳥人追在他身後，影妖也一蹦一跳地湊熱鬧。

「阿寶！不要胡鬧！蛋蛋，快回來！」

我趕緊在後面喊了一聲，可是他們誰都沒有理我。

緊接著，只聽到匡噹一聲脆響。

放在櫃子上一只古董花瓶被他們撞碎在地。

完了！那是九夜前陣子剛修復好的青瓷花瓶！

可是還沒等我訓斥，就看到阿寶已經噔噔噔地衝上樓梯。

「吱吱！吱吱！」

那個小鳥人一邊叫，一邊在後面追著跑了上去。

不多時，就聽到樓上傳來轟隆一聲，也不知道又撞翻了什麼東西。

我哭笑不得地扶著額頭，這才意識到，似乎是招惹上了一個大麻煩。

可是為時已晚，在接下來的一段日子裡，那個小鳥人居然就一直賴在家裡不肯走了，每天蹭吃蹭喝蹭住，眼看著一天天長大了起來。

九夜說，烏羽的成長速度非常快，只要一個月就可以離巢。

而這個「巢」，指的當然就是這個家。

好吧，反正只要一個月，就養它一個月吧。

我無奈地看著那個羽翼漸漸豐滿起來的小鳥人。

小鳥人似乎除了「麻麻」之外，並不會說其他人話，只會吱吱叫，每天吃大量食物，餅乾、糖果、糕點、麵條、飯菜，幾乎什麼都吃，完全不挑食，養起來倒是不困難。只要阿寶不搗亂，小鳥人其實非常乖。

不過，在養育這隻小鳥人的過程中，有好幾次我都發現家門口的一棵大樹上會飛來兩隻巨大的黑鳥，一開始還以為是老鷹，可是又比普通老鷹的體型大上許多，而且頭頂上還長著一簇長長的、色澤華麗、鮮豔奪目的七彩羽毛，就和……就和家裡這隻小鳥人頭上的羽毛一模一樣！

白澤說，就是那對烏夫妻，生了孩子不願意撫養，把蛋隨便亂丟。

唔，這個就是烏羽成年之後的模樣啊，蛋蛋以後也會長成這樣的吧。

我抬起頭來，看了看樹上那兩隻羽翼豐碩的巨型黑鳥。

嘖嘖，山神的神使，樣子果然威風凜凜。

那對烏羽夫婦，雖然不願意自己撫養孩子，但會時不時地飛過來看一眼它們的孩子，每次飛過來，都會帶一些「小驚喜」放在屋子門口。

有時候是一枚翠綠的橄欖枝，有時候是一朵綺麗無比的鮮花，還有時候會留下一根七彩羽毛。

九夜笑著說，它們這是在報答我的養育之恩。

就這樣，隨著日子一天天過去，小鳥人漸漸長大了，和它的父母一樣，長出了烏黑豐滿的羽翼，而頭頂上的那簇七彩羽毛也變得越來越鮮豔漂亮。

直到有一天，我忽然發覺那對烏羽夫婦好像已經很久沒來了。

「阿夜，是因為蛋蛋已經長大了，所以它爸媽就不來看它了嗎？」

我坐在沙發邊，一邊替小鳥人梳理著羽毛，一邊問。

九夜正在擺弄著一盆長滿小爪子的奇異植物。

他搖搖頭，說了句：「那對烏羽夫婦，已經不在了。」

「哈？不在？什麼意思？」我一愣。

九夜抬起頭來看看我，說：「前些天南岳山發生森林大火，你知道嗎？」

「嗯，新聞裡看到了。」我點頭道，「那場山火一直沒有撲滅，火勢到現在都還在蔓延，政府部門和消防人員一直在想辦法。」

說到這裡，我停頓了一下，疑惑地問：「這場大火，難道和烏羽有什麼關係嗎？」

「你忘了？我說過，烏羽是山神的神使，職責是守護山林。」

九夜放下手中盆栽，喝了口茶，又道：「那對烏羽夫婦，剛好是南岳山山神的神使。這次南岳山發生森林大火，它們一直在幫助森林裡的動物和精靈逃離，最後，為了拯救兩個被圍困在森林裡的人類，喪生在那場大火之中。」

我吃驚地「啊」了一聲，急道：「你是說……蛋蛋的父母已經……」

九夜點點頭，道：「對，沒錯，烏羽的傷亡率一直很高，有死於山火，有被人類獵殺，所以它們才會每年產下許多蛋，以確保族群的數量不變。」

「天，怎麼會這樣……」

我心裡不禁一陣失落，轉頭看了看茶几上的花瓶。

花瓶裡插著一小束絢爛的雛菊，那是之前烏羽夫婦送來的。

「也不知道這場山火，究竟是怎麼會發生的……」

我喃喃地說著，嘆了口氣。

「關於這場山火的起因，風妖已經告訴我了，小默，你想聽嗎？」

九夜看看我，不知道為什麼，神情看起來似乎有點嚴肅。

「哦？是什麼原因？」我立刻追問。

九夜沉默了幾秒，往後靠進椅背裡，緩緩道：「那對烏羽夫婦所救的、被圍困在森林火災裡的兩個人類，其實是獵人。他們這次上南岳山，是為了捕捉傳說中價值連城的六角馴鹿。但六角馴鹿聽覺靈敏，行動矯健，並不是那麼容易捕捉，那兩個獵人循著地上足跡，追蹤了三天三夜，用盡各種辦法仍是一無所獲，不禁氣急敗壞，竟然荒唐地想出放火燒山的主意，想用大火把那隻六角馴鹿逼出來。沒想到，火勢一發不可收拾，瞬間蔓延至整片山林，最後，連他們自己都被圍困在熊熊大火之中無法脫身。」

「什麼！竟然是他們放的火？」

我不禁大吃一驚，憤然道：「真是太可惡了！最後蛋蛋的父母，還為了……為了救他們而死……這簡直太令人髮指了！」

「不僅僅是那對烏羽夫婦，這場大火燒燬了原生態森林，造成棲息在林中的大量動物和精靈無家可歸，傷亡慘重，山神為之震怒，所以……」

九夜忽然停頓了下，語氣淡然地幽幽說了句：「所以，南岳山的這場山火，恐怕一時半會兒是無法熄滅了。」

「無法熄滅？什麼意思？」我愣了愣。

可是九夜並沒有回答，只是意味深長地笑了下，繼續擺弄起手裡的盆栽。

直到一個多禮拜以後，我終於明白九夜的這句話，究竟是什麼含意。

儘管政府部門在不斷努力，出動上百輛消防車，數以千計的消防人員，還有許多直升機從半空中二十四小時不斷噴水，可是南岳山的山火始終無法撲滅。

不僅沒有撲滅，火勢反而越來越大，一直從南岳山燒到了城市邊緣。

從新聞裡得知，住在城市南部邊緣的居民已經開始陸續撤離。

整座城市上空瀰漫著一股濃濃的黑煙，半空中飄散著紛紛揚揚的黑色灰燼。

學校和工廠都已經停止運作，越來越多人不敢出門，躲在家裡緊閉門窗，因為只要一有空隙，便有一股刺鼻的燒焦氣味鑽進來，嗆得人咳嗽不止。

而超市裡的食物和水早已經被搶購一空，沿街的商鋪全都沒有開門。

這簡直就是一場前所未見的災難。

所有人都在焦灼不安之中等待著、祈禱著，希望南岳山的山火能夠盡快撲滅，可是大火綿延不絕，一路燒燬農田，燒燬房屋。

「阿夜，這場大火到底要燒到幾時才能熄滅？」

我一邊看著電視新聞，一邊焦慮地問著九夜。

九夜卻絲毫沒有一點擔心著急的樣子，仍舊有心情喝茶看書，只聽他淡淡地回了我一句：「山神的怒火無法平息，這場大火就無法熄滅。」

「那要怎麼樣才能讓山神的怒火平息？」

我急著道：「再這麼燒下去，恐怕整座城市都要被燒成灰燼了。」

九夜只是漫不經心地笑了笑，沒有回答。

我又哀求道：「阿夜，想想辦法好不好？我不想看著這座城市被大火燒燬。」

九夜沉默了一會兒，抬眸看著我，忽然說了句：「小默，我帶你離開這裡吧？」

「哈？什麼？離開這裡？」

我突然一愣，難以置信地瞪著他，忍不住怒氣沖沖道：「開什麼玩笑！這裡有我的家人和朋友！我怎麼可能扔下他們獨自一個人離開！」

九夜看著我，沒有再說話，一雙幽深的眼眸裡似乎透著些許複雜的神色。

這傢伙，每次都這樣，我完全不知道他究竟在想什麼，也捉摸不透他的心思。

在一片突然安靜下來的氛圍裡，隔了許久，我長長地嘆了口氣，緩緩搖著頭，喃喃地說道：「阿夜，其實……其實一直以來，你都不怎麼喜歡人類，對嗎？」

九夜沉默著，沒有回答，也沒有否認。

「阿夜，告訴我好嗎，你討厭人類，是不是？」

我悲傷難過地看著他，可是九夜仍然不回答。

我不禁感到一陣失落，心裡很不是滋味，轉頭看了看窗外漫天飛揚的黑色灰燼，一言不發地開門走了出去。

在走出去的瞬間，我聽到九夜似乎在屋子裡嘆息了一聲。

是的，沒錯，我承認有時候人類的確是自私又愚蠢。

可即便如此，我也不希望他討厭人類。

因為……因為我也是人類啊……

我抓了抓頭髮，煩躁不堪地走在空無一人的街道上。

不行，不能就這樣讓大火燒燬這座城市。

一定要想辦法平息山神的怒火。

可是、可是我究竟該怎麼做？

吹著迎面撲來的燥熱暖風，我扶著額頭努力思考著。

就在這時，忽然聽到上空傳來一聲熟悉的鳥類嘶鳴。

我抬起頭，看到一隻巨大的黑鳥在高空盤旋飛翔了一陣，隨後落在我面前。

原來是上個禮拜已經「離巢」的蛋蛋！

數天不見，蛋蛋好像又成長了不少，曾經的小鳥人已經完全長成了它父母的模樣，龐大威武的身姿，烏黑豐滿的羽翼，還有頭頂上那簇鮮豔奪目的七彩羽毛。

「蛋蛋，能不能幫我一個忙？」

我抬起頭，望著這隻已然成年的烏羽，道：「帶我去找南岳山的山神好嗎？」

蛋蛋低下頭看著我，就和小時候一樣，仍舊喜歡把腦袋往我懷裡親暱地蹭，不過，它現在要費力地彎下身子，才能將頭埋到我懷裡，隨後「吱吱」叫喚了兩聲。

「蛋蛋，我明白，釀成這場大火，原本就是人類的錯。」我摸了摸它的腦袋，嘆了口氣，說，「可是，這裡是生我養我的地方，這裡有我的家人和朋友，我不能眼睜睜地看著自己的家鄉被燒燬，所以，我想去向山神求情。」

也不知道蛋蛋有沒有聽懂我說的話，但它一直很認真地看著我。

我又道：「以前聽說過，在南岳山上有一座山神廟，隱藏於萬木叢中，普通人很難找到，但如果有誰能夠找到這座山神廟，就可以向山神許願，而這個願望必定會實現。這個傳說，是真的嗎？蛋蛋，帶我去找那座山神廟，好嗎？」

蛋蛋看了我一會兒，似乎有點不情願。

不過，猶豫了片刻之後，它終於還是緩緩低下頭，伏下身子。

「謝謝你，蛋蛋。」

我親吻了一下它的腦袋，隨後爬上它的背脊。

巨大的黑鳥馱著我慢慢飛了起來，越飛越高。

我彎下腰，壓低身形，緊緊摟著蛋蛋的脖子，只聽到獵獵風聲從耳邊呼嘯而過。

漸漸地，飄散在空氣中的黑色灰燼越來越多，刺鼻的焦味也變得越來越濃烈。

在一片漫天飛揚的黑灰之中，我幾乎睜不開眼睛，等片刻之後，從勉強打開的模糊視線中望出去，腳底下已經是一片無邊無際的火海。

整座南岳山的山林已經全部焚燬在熊熊烈火之中，視線所過之處滿目瘡痍。想必，森林裡一定還有許多來不及逃亡的動物和精靈。

而僥倖逃生出來的，也已經變得無家可歸。

我都不敢想像，那是怎樣一幅慘烈的場景，難怪山神會為之震怒。

我心情沉重地嘆了口氣，難受地閉起眼睛，不忍再看。

不一會兒，蛋蛋把我帶到靠近山頂的一處空地。

在一片耀眼的火光之中，我看到了一個山洞，洞口不大，卻很深。

原來傳說中的山神廟，居然是一個山洞？

蛋蛋停在山洞前，回過頭來看著我，「吱吱」叫了兩聲。

「就是這裡了嗎？蛋蛋，謝謝你幫忙。」

我從黑色大鳥的背上滑了下來，摸了摸它的羽毛，又回頭看了一眼漫山遍野燃燒不盡的火海，握了握拳，隨後便轉身往深洞裡走去。

這個天然洞穴雖然沒有任何照明設備，但並不是一片漆黑。從石縫的裂隙間有隱隱約約的光亮透進來，鋪灑在各種嶙峋的怪石上，同時照亮了腳下的路面。

我小心翼翼地往裡走著，偶爾會聽到蛋蛋在洞口「吱吱」地叫喚。

可是我沒有回頭，仍舊一步一步往前走去，一直走到山洞盡頭。

盡頭處有一池黑潭，潭面上飄浮著一層淡淡的白色霧氣。

也不知道山神在不在？又或者，是否願意理會我這個凡人的請求？

我在黑潭前慢慢跪了下來，重重磕了一個頭，對著一片虛無的黑暗，誠懇地說道：「對不起，釀成這場山火，都是人類的錯，是因為人類的自私和愚蠢。山神，我來向您請罪，對不起，求您原諒我們。」

字字清晰的話語在山洞裡形成回音，反反覆覆地迴盪著。

可是，沒有得到任何回應。

我又重重磕了一個響頭，哀求道：「對不起，全都是因為人類的愚昧無知，鑄成大錯，害得南岳山整片森林盡毀，生靈塗炭。事到如今，我也不知道到底該怎麼做才能求得您的原諒，但是……但是只要我能夠做到的，我一定會努力去做，希望山神可以平息怒火。」

語畢，我再次磕下一個響頭，跪在地上，久久沒有抬起頭來。

過了好一會兒，四周忽然響起一個蒼老而沙啞的聲音。

那個聲音極具穿透力，如同洪鐘的鐘聲，在幽深的洞穴裡層層疊疊地迴盪開來，震得我耳膜陣陣發疼。

「人類……人類……類……」

「你有何……你有何……有何……何……」

「願望……願望……望……」

我愣了愣，抬起頭，趕緊回答道：「我的願望是，懇請山神平息怒火，讓大火不要再燃燒了，請求山神如我所願。」

等我說完，隔了會兒，那個蒼老的聲音再次響起。

「若要……若要……得償所願……所願……」

「必須……必須……有所代價……代價……」

我深吸了口氣，點點頭，說：「我願意付出任何代價。」

話音落下，這一次，隔了很長時間都沒有回應。

直到我以為山神不會再出現了，那個洪鐘般的聲音突然又響了起來。

「人類……人類……類……」

「用你的……你的……左眼……左眼……來交換……交換……」

迴盪在洞穴中層層疊疊的話音漸漸落下。

聽完這句話，我已經整個愣住了。

用我的左眼來交換？

平息山火的代價……是我的眼睛？

我愕然地伸出手，捂住自己的左眼，大腦思維已然一片混亂。

雖然我剛才說過，我願意付出任何代價，可是……可是萬萬沒有想到，這個代價，居然會是我的眼睛？我不知道山神為什麼要索取我的左眼，我只知道，自己從來都不是什麼英雄，更完全沒想過要當什麼拯救世界的超人……

然而，現在擺在面前的這兩個選擇——

是讓整座城市焚毀於火海？

抑或，犧牲我的一隻左眼？

兩者取其一，孰輕孰重，再明顯不過了。

可是……可是……

我用力咬著牙齒，緊緊握住拳，回過頭，看了看洞穴外仍在熊熊燃燒的大火，想到了父母，想到了朋友，想到從小到大，這個地方我深深喜愛著的一切，我實在……實在做不到就這樣眼睜睜地看著這座城市深陷於火海。

內心痛苦掙扎了許久，終於，我還是點了點頭。

「好，只要能夠熄滅這場大火，我願意用左眼來交換。」

我鼓起勇氣，挺起胸膛，儘量讓自己看起來沒有那麼膽怯。

山神回應道——

「人類……人類……類……」

「如你所願……所願……願……」

跌宕起伏的話音落下的一瞬間，我突然發現自己的身體不能動了，整個人僵硬地跪在原地，就像是被繩索牢牢捆住了一般，甚至連眼睛眨都不能眨一下，只能被迫抬著頭，雙目圓瞠，筆直瞪著前方。

等等，前方？

前方那、那是什麼東西？

自黑暗深處，衝著我的左眼筆直射過來的，是什麼東西？

好像……好像是一道光箭？

等、等一下，那道光箭，是要刺進我的左眼嗎？

不，不要，不要……

我害怕得整個人都在簌簌發抖，卻絲毫無法躲閃，也沒有辦法叫喊出聲，只能眼睜睜地看著那道光箭極速飛射過來，就在剛要刺入我左眼的剎那間，背後突然響起一聲大喊——

「小默！」

一瞬間，身體被猛拽著向後一扯，撞進了一個人的懷裡。

我一愣，抬起視線，竟然、竟然看到了九夜？

九夜半跪在地，一手抱著我，一手緊緊握住那道光箭。

光箭停留在半空中。

而我仍然無法動彈，也不能說話，只能任九夜緊摟在懷裡，隨後聽到他用一種不疾不徐的淡然語氣，悠悠說道：「千百年來，神與妖各自為界，一直都是井水不犯河水，如今我也不想破壞這個規矩，可是，我更加不願這個人類受到傷害，所以，作為交換，不如……」

九夜忽然停頓了下，看著我，微微一笑，風輕雲淡地說了句：「不如，就用我的左眼來代替他的吧。」

什、什麼？九夜在說什麼？

他在胡說些什麼！不！不要！不要！

聽到這話，我猛地一震，想要搖頭、想要大喊，卻什麼都做不了。

九夜低下頭，眼神溫柔地看著我，說：「小默，那個問題的答案，想不想聽？」

問、問題？什麼問題？

我愣愣地望著他，淚水已經湧了出來。

九夜淡淡微笑著，道：「是的，沒錯，我討厭人類。可是我之所以一直留在人世間沒有離開，那是因為有你在。因為，我喜歡你。」

說完這句話，我看到九夜突然手一鬆。

一道光箭飛射而來。

「嗤」的一聲。

瞬間，溫熱的鮮血噴灑到我的臉上。

——《今宵異譚04魑魃之夜》完

高寶書版集團
gobooks.com.tw

輕世代 FW279

今宵異譚 卷四 魑魅之夜

作　　者　四隻腳
繪　　者　zabu
編　　輯　林紓平
校　　對　任芸慧
美術編輯　林鈞儀
排　　版　彭立瑋

發 行 人　朱凱蕾
出　　版　英屬維京群島商高寶國際有限公司臺灣分公司
　　　　　Global Group Holdings, Ltd.
地　　址　臺北市內湖區洲子街88號3樓
網　　址　www.gobooks.com.tw
電　　話　(02) 27992788
電　　郵　readers@gobooks.com.tw（讀者服務部）
　　　　　pr@gobooks.com.tw（公關諮詢部）
傳　　真　出版部　(02) 27990909　行銷部 (02) 27993088
郵政劃撥　50404557
戶　　名　三日月書版股份有限公司
發　　行　三日月書版股份有限公司/Printed in Taiwan
初版日期　2018年7月

國家圖書館出版品預行編目(CIP)資料

今宵異譚 / 四隻腳著.-- 初版. -- 臺北市：高寶國際, 2018.07-
冊；　公分. --

ISBN 978-986-361-543-9(第4冊：平裝)

857.7　　107007005

三日月書版

三日月書版

GOBOOKS & SITAK GROUP©